紅天

홍천

백준 新무협 판타지 소설

FANTASTIC ORIENTAL HEROES

홍천 1
백준 新무협 판타지 소설

초판 1쇄 찍은 날 § 2009년 3월 2일
초판 1쇄 펴낸 날 § 2009년 3월 9일

지은이 § 백준
펴낸이 § 서경석

편집장 § 오태철
편집 § 이재권 · 문정흠

펴낸곳 § 도서출판 청어람
등록번호 § 제1081-1-89호
등록일자 § 1999. 5. 31
어람번호 § 제2-1686호

주소 § 경기도 부천시 원미구 심곡2동 350-1 남성B/D 3F (우) 420-822
전화 § 032-656-4452 팩스 § 032-656-4453
http://www.chungeoram.com
E-mail § eoram99@chollian.net

ⓒ 백준, 2009

ISBN 978-89-251-1707-2 04810
ISBN 978-89-251-1706-5 (세트)

백준 新무협 판타지 소설
FANTASTIC ORIENTAL HEROES
紅
홍천
天
1
도서출판
청어람

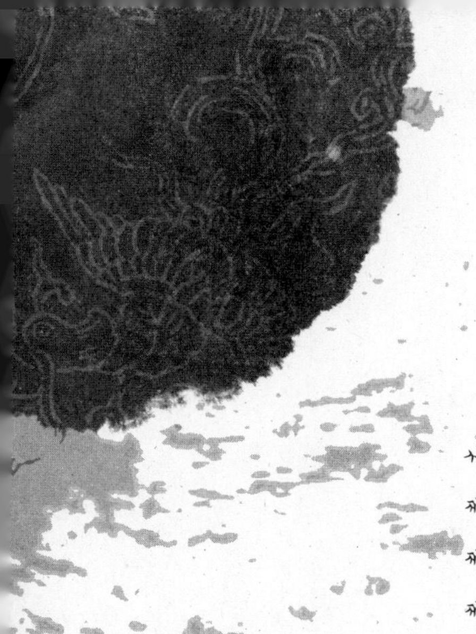

目次

서   7

제1장   복수를 다짐하고   13

제2장   책의 향기   39

제3장   책 속에 꽃이 피었구나   89

제4장   죽음은 평등하다   131

제5장   충성을 맹세했었다   173

제6장   화향미인(花香美人)   201

제7장   또 하나의 혈아(血牙)   241

제8장   만남은 짧았다   267

"응애! 응애!"

작고 허름한 집 안에서 울리는 힘찬 아기 울음소리에 어두운 산속이 크게 요동치고 있었다.

"크악!"

따다당!

병장기 소리 역시 크게 울리고 있었다. 그 속에 사람들의 고함 소리와 함께 수많은 그림자가 움직이고 있었다.

"아들아, 내 아들아……."

피투성이의 아기를 안아 든 사람은 이십대 중반의 여인이었다. 그녀는 허름한 집 안 가장 구석진 곳에서 아기를 품에 안은 채 젖을 물렸다.

따뜻한 피부를 느꼈기 때문일까? 아이는 울음소리를 멈추었다.

우당탕!

순간 문이 부서지더니 피투성이로 변한 청년이 굴러 들어왔다. 그는 힘겹게 일어나 여인의 앞에 섰다.

“당신…….”

“미, 미안하오…….”

청년의 옷은 원래 백색의 비단옷이었으나 지금은 그저 피에 젖은 허름한 옷에 불과했으며, 본래는 미남이라 불릴 만한 얼굴도 헝클어진 머리와 여기저기 생긴 상처로 인해 흉하게 보였다. 하지만 그녀의 눈엔 세상 누구보다도 멋있고 사랑스러운 얼굴이었다.

“아들이에요.”

“후후.”

청년은 여인의 품에 안긴 아기의 얼굴을 쳐다보며 미소를 보였다.

푹!

순간 청년의 목을 뚫고 검날이 튀어나왔다. 눈을 부릅뜬 청년의 시선은 여전히 아기를 향하고 있었으며, 떨리는 손이 앞으로 뻗어가고 있었다. 여인은 그저 멍한 눈으로 쓰러지는 남편을 쳐다보고 있어야 했다.

"백화성의 요녀가… 감히… 감히……."

급작스럽게 들려온 목소리에 여인이 고개를 들었다. 고개를 든 여인의 눈에 들어온 건 긴 흑발을 늘어뜨린 채 온몸을 떨고 있는 여자의 얼굴이었다. 그녀는 사시나무 떨듯 몸을 떨며 피 묻은 검을 늘어뜨리고 있었다.

"아… 아가씨……."

순간 그녀는 눈을 부릅뜨며 마치 광기에 물든 표정으로 소리쳤다.

"시끄러워! 누가… 누가 네년의!"

퍽!

저도 모르게 앞으로 내지른 흑발여인의 검이 아이를 안은 여인의 복부를 파고들었다.

주르륵!

여인의 눈에서 눈물방울이 흘러내렸다. 그녀의 검은 떨고 있었으며 아기를 안은 여인의 손은 여전히 자신의 아들에게서 떨어지지 않고 있었다. 여인의 시선과 검을 든 그녀의 시선이 마주쳤다. 둘의 얼굴은 눈물로 범벅이 된 채 흔들리고 있었으며 온몸을 떨고 있었다.

"아가씨… 죄송… 해요……."

아기를 안은 채 멍한 시선으로 쳐다보는 그녀의 눈동자를 제대로 볼 수 없어서일까? 그녀는 검을 당겼다.

"흡!"

검을 뽑자 피와 함께 신음성이 크게 흘러나왔다. 온몸을 떨던 여인의 입가에 검은 피가 흘러내렸다. 이내 여인은 고개를 돌려 자신의 아들을 더욱 깊게 안았다.

"미안… 하구나……."

아기를 품에 안은 채 가만히 중얼거린 여인의 입가에 가느다란 미소가 그려졌다. 아기의 손이 눈을 감은 그녀의 볼을 만지고 있었다.

슥!

흑발여인이 그 모습에 검을 들었다.

"요녀의 새끼……."

입술을 깨물며 검을 들던 그녀가 순간 죽은 청년의 얼굴과 마주쳤다. 그래서일까, 그녀의 전신이 다시 떨리기 시작하더니 이내 자리에 주저앉았다. 순간 아기의 웃는 얼굴과 눈이 마주치자 그녀는 입술을 깨물며 자리에서 일어섰다.

밖으로 나가자 수많은 무사들이 도열해 있었다.

"아가씨."

그녀의 옆으로 삼십대 초반의 인물이 다가와 걱정스러운 표정으로 쳐다보자 그녀는 곧 한기를 뿌리며 말했다.

"안에 아기가 있다."

"……!"

청년이 놀란 표정으로 눈을 크게 뜨자 그녀가 차갑게 다시 말했다.

"맹에 줘버려. 알아서 하겠지."

말을 마친 그녀가 빠르게 걸어가자 그 뒤로 무사들이 따랐다. 삼십대 초반의 청년은 곧 안으로 들어가 아기를 안아 들었다.

"맹주님의 이제자와 백화성주의 삼제자 사이에 낳은 아들이거늘……."

청년은 슬픈 눈으로 아기를 쳐다보고 있었다.

＊　　　＊　　　＊

"내가 기억하는 건 거기까지다. 더 이상 접근할 수가 없었지. 너를 찾고 싶었으나… 그렇게 할 수가 없었다. 미안하구나. 그때 목숨을 버려서라도 너를 구했어야 하는데……."

"사저께선… 그날 큰 부상을 당하신 상태라 움직이기도 힘들었지. 가려고 하는 걸 내가 막았다. 미안하다. 구했어야 하는데……. 그렇다면 이렇게 만나는 일도 없었을 터… 평생 가슴속에 한으로 남아 있었는데……."

　두 여인의 눈동자엔 물기가 어려 있었으며 후회스러운 과거로 인해 남은 상처가 아파오는 것처럼 보였다.
　"이렇게라도 만났으니 얼마나 다행이냐. 다행이다, 다행이야……."
　결국 그녀들은 눈물을 떨구었다. 그 모습이 왜 이렇게 아픈 것일까? 가슴이 터질 듯 고통스럽게 뛰기 시작했다.

第一章
복수를 다짐하고

삐익! 삐이익!

귓가에 울리는 휘파람 소리가 따갑게 느껴졌다.

"으음……."

나뭇가지에 기댄 채 잠이 든 것일까? 어릴 적 일들이 꿈속에서 마치 생생하게 살아난 것 같았기 때문이다. 반복적이고 힘든 날들이었기에 생각해 보면 떠올리기 싫은 기억이었다. 자신에게 그런 과거가 있었다는 것 자체가 우울했기 때문이다.

삐이이익!

날카로운 소성과 함께 창공 위로 숫구치듯 올라가는 푸른
빛이 그의 눈에 들어왔다.

스스슥!

곧 그의 귓가에 오십 장 거리에서 움직이는 사람들의 옷자
락 소리와 수풀의 비명 소리가 복잡하게 들려왔다. 그는 입가
에 미소를 그렸다.

"빠르군."

청년의 신형이 순간 마치 유령처럼 사라졌다. 그가 있던 자
리엔 그저 고요한 공기만이 맴돌 뿐이었다.

감숙성 노미산.

강호에서 유일하게 무림맹과 맞서고 있는 곳이 있다면 백
화성일 것이다. 그리고 백화성에서 얼마 떨어지지 않은 곳에
노미산이 있었다. 그런 노미산에 무슨 이유에서인지 수많은
백화성의 무사들이 살기와 함께 숲을 뒤지고 있었다.

천라지망.

백화성은 지금 노미산을 중심으로 천라지망을 펼쳐 놓은
상태였다.

파파팟!

노미산을 중심으로 수많은 백화성의 무사들이 움직이고
있었다. 그들은 모두 무기를 손에 들고 있었으며, 그 수는 족

히 천이 넘었다. 그중 절반이 여무사들이었다. 중원과는 다르게 백화성의 여자들은 무림의 일에 적극적으로 참여하였는데 무인의 수가 중원과 비교할 때 절대적으로 적었기 때문이다. 그랬기에 그녀들은 성에 일이 생기면 손에 무기를 들고 싸웠다.

삐익! 삐익!

하늘 높이 솟구치는 휘파람 소리에 그들은 일제히 소리가 난 곳으로 폭풍처럼 날아들었다.

파팟!

"긴장을 늦추지 말라!"

어딘가에서 높은 목소리가 터져 나왔다.

탁!

섭선을 접는 소리가 상당히 크게 울렸다. 그의 시선엔 불꽃 같은 열기가 담겨져 있었으며 입술은 차갑게 닫혀 있었다. 그의 시선이 닿은 곳은 노미산의 넓고 깊은 산세였다. 그 사이로 움직이는 수많은 백화성의 무사들이 답답하게만 보였다.

곧 타닥! 하는 발소리와 함께 그의 뒤로 중년무사가 달려와 부복했다.

"원주님께 아룁니다."

들려오는 소리에 신형을 돌린 그는 수염을 멋들어지게 기른 중년인이었다. 그는 바로 강호에서 단일 세력으론 가장 거대한 힘을 지니고 있다는 백화성의 백문원 원주였다.

삼뇌신사(三腦神士) 곡현.

그는 백화성의 백문원주이자 무림맹과의 수많은 마찰을 해결한 인물이었으며, 십 년 동안 백화성의 평화를 지킨 인물이었다.

"말하시게."

중년무사, 사대당의 총당주인 호왕도(虎王刀) 육도산은 안색을 굳히며 말했다.

"천애산까지 배치를 완료하였습니다."

"이제 몰아붙이기만 하면 되겠군."

곡현은 고개를 끄덕이며 미소 지었다. 아무리 대단한 경신술과 은신술을 지녔다 하여도 백화성의 앞마당에서 빠져나갈 수는 없었다. 그것도 천라지망까지 펼친 상태이다. 이제 독안에 든 쥐를 잡는 일만 남은 것이다.

"방심은 금물이네. 상대는 지금까지 단 한 번도 뚫린 적이 없는 뇌옥까지 들어가 죄수를 죽이고 도망친 인물일세."

"예, 명심하겠습니다!"

육도산의 큰 대답에 곡현은 신형을 돌렸다. 그때였다.

삐이익!

하늘 높이 붉은빛이 솟아오른 것이다. 잡았다는 뜻이고, 모든 사건이 종결되었다는 뜻이기도 했다. 육도산이 재빠르게 말했다.

"먼저 가보겠습니다."

휙!

육도산의 큰 신형이 마치 제비처럼 산을 타고 움직이기 시작했다. 그 모습이 마치 거대한 곰이 다람쥐처럼 나무를 타는 것 같아서 뒤에서 보던 곡현은 저도 모르게 눈웃음을 지었다. 긴장했던 마음이 풀린 것이다.

쉭!

곧 곡현 역시 빠르게 신형을 움직였다.

"상대를 과대평가했던 건가?"

문득 든 생각이었다.

풀밭에 쓰러져 있는 인물은 등을 보인 채 엎어져 있었다. 뒤에서 날아든 검을 피하지 못한 것이다. 검은 정확하게 등을 뚫고 심장을 관통한 것처럼 보였다.

"이자인가?"

곡현이 나타나자 그의 뒤로 육도산과 다섯 명의 단주가 늘어섰다. 다섯 단주 중 이십대 중반으로 보이는 청년이 곡현의 옆에 다가와 부복했다.

"그렇습니다."

“확실한가?”

곡현의 물음에 부복한 청년은 재빠르게 설명했다.

“저희가 맡은 이 구역에서 경공을 펼쳐 도망치던 자는 이 자뿐이었습니다.”

“음……..”

곡현은 안색을 찌푸리며 죽은 시신의 옆에 다가갔다. 육도산이 다가와 물었다.

“천라지망을 풀까요?”

“아니. 아직 모르니 유지하게.”

“예.”

육도산의 대답에 곡현은 다시 말했다.

“시신은 살폈느냐?”

곡현이 시선을 돌려 처음 말한 청년에게 묻자 청년이 일어서며 말했다.

“그렇습니다. 저자의 품에 이런 것이 있었습니다.”

청년은 품속에 손을 넣었다. 그 순간 곡현의 눈동자가 흔들렸다. 청년의 모습이 흐릿하게 변하였기 때문이다.

퍽!

“……!”

곡현의 눈이 부릅떠졌다. 그리고는 믿을 수 없다는 듯 자신을 찌른 청년의 얼굴을 처다보았다.

“헉!”

“원주!”

육도산이 놀라 외쳤으나 이미 곡현의 복부를 지나친 도날은 붉은 피를 머금은 채 짙은 혈향을 뿌리고 있었다.

“호오, 이자가 삼단주였나?”

“이노옴!”

순간 육도산의 도가 강력한 기운을 뿌리며 도끼처럼 청년의 머리를 찍어갔다. 청년은 슬쩍 시선을 돌려 사시나무 떨듯 몸을 떠는 곡현의 눈동자를 쳐다보았다. 그 눈은 죽음에 대한 슬픔이 담겨져 있었다.

“다 똑같아. 후후.”

비웃음을 내뱉은 청년이 도를 비틀어 위로 올렸다.

츄악!

붉은 피가 허공으로 솟구치며 청년의 앞을 마치 붉은 옷이 바람에 휘날리듯 가렸고, 육도산의 도가 피를 가르며 청년을 찍었다. 들어 올린 청년의 도가 육도산의 도를 막았다.

팍!

“큭!”

가볍게 도를 든 청년은 표정의 변화가 없었다. 그저 가벼운 미소만을 입가에 걸고 있을 뿐이었다. 하지만 도를 내려친 육도산의 표정은 기이하게 일그러지고 있었다. 오른손이 떨리

고 있었으며, 충격으로 인해 느껴지는 고통이 전신을 조이는
듯 보였다.

털썩!

그 순간 곡현의 시신이 바닥에 쓰러졌다. 그의 복부에서 왼
어깨까지 잘려진 모습은 처참, 그 자체였다. 잠시 시간이 멈
춘 것 같은 고요함이 사방을 맴돌고 있었다. 그 고요함을 깬
인물은 육도산이었다.

"누구냐!"

육도산의 외침에 청년은 도를 들어 육도산을 밀치며 발을
움직였다.

쉭!

순간 육도산은 눈 속의 청년의 모습이 사라지는 것을 느꼈
다. 본능적으로 다가온 죽음을 안 것일까? 육도산의 신형이
급속도로 회전하며 좌측으로 움직였다.

그의 움직임을 따라 가느다란 실 같은 빛이 육도산의 팔을
지나쳤다.

"크악!"

순간 육도산의 왼팔이 허공중으로 솟구쳐 올랐고, 청년의
신형이 떠오르는 육도산의 잘린 팔을 밟았다.

파팟!

청년의 신형이 번개처럼 수풀 속으로 날아가자 육도산은

비틀거리며 외쳤다.

"무엇 하느냐! 쫓아라! 죽이란 말이다!"

그제야 주변에 있던 수하들이 정신을 차린 듯 빠르게 움직이기 시작했다.

삐이익! 삐익!

순간 소성과 함께 푸른빛이 허공으로 솟구쳐 올랐다. 마치 수많은 별이 유성처럼 떨어지는 듯한 장관이었다.

파팟!

무사들의 살기를 받으며 숲은 다시 움직이기 시작했다.

"이럴 수가! 이럴 수가……!"

육도산은 어이가 없다는 듯 멍하니 죽어 있는 곡현의 시신을 내려다보았다.

털썩!

저도 모르게 무릎을 꿇은 육도산은 팔이 잘린 아픔조차 잊은 듯 믿을 수 없다는 표정으로 입술을 깨물었다. 단 한순간에 일어난 일이고, 잠시 눈을 돌린 틈에 일어난 이변이었다. 아니, 사고였다면 사고였다. 왜 시신을 좀 더 살펴보지 않았을까? 아니, 왜 이 자리에 원주가 직접 나오게 하였을까? 말렸어야 했다. 아니, 그래야 했고, 원주의 신변을 더욱 신경 써야 했다.

"내… 실수다. 크으윽!"

　왼팔을 잃었다는 고통보다 원주가 죽었다는 충격이 더더
욱 가슴을 조여오는 것 같았다.
"으아아아!"
육도산의 고함 소리가 사자후처럼 터져 나왔다.

*　　　*　　　*

　그녀는 정말 아름다웠다. 미소는 막 피어나는 꽃봉오리 같
았으며 눈은 마치 그림으로 그린 듯 맑고 투명하게 반짝였다.
피부는 너무나 고와 달밤에 서 있으면 달이 부끄러워 구름에
몸을 숨길 정도였다.
　살랑!
　가벼운 바람이 불어와 창을 통해 그녀의 머리카락을 스치
고 지나갔다. 문득 그녀가 시선을 들어 창밖을 쳐다보았다.
창밖의 잘 꾸며진 정원엔 봄을 알리듯 여기저기 꽃이 피어나
고 있었다.
　펄럭!
　두루미 한 마리가 작은 호수에 내려오는 것이 보이자 그녀
는 미소 지었다.
　순간 타닥! 하는 급박한 발소리가 들리자 두루미가 놀라 날
개를 펄럭이며 하늘로 날아올랐다. 그 모습에 그녀의 고운 아

미가 살짝 찌푸려졌다.

"아, 아가씨!"

"매향아, 아무리 급한 일이 있다 해도 뛰지 말라고 하지 않았느냐?"

그녀가 살짝 미소를 보이며 자리에서 일어서자 매향이라 불린 십대 후반의 소녀가 몸을 떨더니 바닥에 엎드려 크게 울기 시작했다.

"왜 그러느냐?"

그 모습에 놀라 매향의 어깨를 잡았다. 그때 매향의 마음속에서 흐느끼는 목소리가 들려왔다. 그녀의 눈동자가 흔들리기 시작했다. 매향은 아무 말도 못한 채 울기만 했다. 그러던 어느 순간 매향은 떨리는 목소리로 말했다.

"가, 가주님께서… 가주님께서……."

매향은 더 이상 입을 열지 못한 채 흐느끼기 시작했다. 그녀의 전신에선 이미 매향의 어깨를 잡는 순간 힘이 빠져나간 상태였고, 머릿속은 공허하게 변해 버렸다. 하지만 그것도 잠시일 뿐, 그녀는 자신의 방으로 들어가더니 금세 외출복으로 갈아입고 밖으로 나갔다.

"아, 아가씨!"

울던 매향은 소매로 눈물을 훔치며 뒤따라갔다.

백화성의 의정원으로 달려온 곡비연은 지금도 믿을 수 없다는 표정이었다. 그녀가 들어오자 마치 기다렸다는 듯 의원이 달려나와 안내했다.

향이 진동하는 큰 방 안으로 들어가자 곡비연과 눈이 마주친 십여 명의 인물이 있었다. 이십대부터 육십대에 이르는 다양한 나이 대의 남녀들이었고 그들은 곡비연이 들어온 것을 보자 자리를 피해주었다. 그들이 모두 나가자 매향과 함께 남은 곡비연은 단상 위에 올려 있는 시신을 쳐다보았다.

"가주님!"

매향이 바닥에 쓰러져 대성통곡하기 시작했으며, 곡비연의 눈에서 눈물방울이 흘러내리기 시작했다.

한 걸음 한 걸음 발을 내디딜 때마다 표정은 한없이 슬프게 변했으며 전신의 떨림이 더욱 커져 가고 있었다.

"아버님……."

곡비연의 손이 죽은 곡현의 얼굴을 감싸기 시작했다. 이미 차갑게 식어버린 그의 얼굴이었으나 곡비연에겐 단 한 명뿐인 가족이었다. 오직 곡현 한 명만이 그녀의 모든 것이었고 세상의 전부였다.

"슬프구나……."

낮고 포근한 여인의 목소리가 뒤에서 들려왔다. 곡비연은 눈물범벅인 얼굴로 고개를 돌려 면사를 쓴 백색 궁장의의 여

인을 보게 되자 울음을 참으며 허리를 숙였다. 매향은 그녀의
등장에 깜짝 놀라 바닥에 납작 엎드렸다. 너무 큰 충격 때문
일까, 곡비연은 그녀가 들어온 것도 모르고 있었다.

"성주님을 뵙습니다."

곡비연의 울음 섞인 인사에 성주라 불린 여인은 어느새 곡
비연의 어깨를 감싸 안았다. 그러자 그 따뜻함에 곡비연의 전
신이 떨리더니 큰 소리로 울기 시작했다. 참았던 울음이 터져
나온 것이다.

얼마나 울었을까? 눈이 부을 정도로 울고 나서야 곡비연은
자심연의 품에서 벗어났다. 부끄러웠을까? 곡비연은 얼굴을
붉히며 고개를 숙였다.

"죄송해요……."

"아니다, 아니야. 나도 울고 싶구나. 하지만 내가 눈물을
보일 수는 없지 않느냐? 네가 부럽구나, 부러워."

자심연의 눈동자도 미미하게 흔들리고 있었다. 그제야 곡
비연은 자심연 역시 슬퍼하고 있다는 것을 깨달았다.

"무림맹과 우리 백화성은 근 이백 년 동안 서로를 견제하
였지. 이백 년 전의 대전란 이후로 지금까지 아슬아슬한 평화
를 지키고 있었다."

그렇게 말한 자심연은 곡비연의 얼굴을 쳐다본 후 곧 걸음

을 옮겨 죽은 곡현의 얼굴을 쓰다듬었다.

"나는 유능한 사람을 잃었어. 원주가 있었기에 근 십 년 동안 우린 무림맹과 큰 싸움 한 번 없이 잘 지낼 수가 있었지. 참으로 애석하구나."

자심연은 곧 시선을 돌려 곡비연을 바라보며 다시 말했다.

"무림맹과 우리가 왜 싸워왔는지… 그 이유는 잘 알 것이다. 하지만 그것은 이백 년 전의 일. 작금에 이르러서는 그때의 원한도 많이 퇴색되어 가고 있는 것 또한 현실이다. 그래도 원한이 어디 가겠느냐? 여전히 우리와 무림맹은 서로를 미워하고 있지. 서로의 원한을 곱씹으면서……."

자심연은 씁쓸한 표정으로 고개를 저으며 다시 말했다.

"그런데 닷새 전 무림맹의 인물 중 한 명이 우리에게 찾아왔다. 자신을 보호해 달라고 말이다. 그리고 그자가 현 무림맹을 무너뜨릴 수 있는 사람임을 우리는 알게 되었다. 그래서 총력을 다해 보호했지. 오늘 아침까지 말이다. 하지만 그것 자체가 무림맹의 간교한 책략이었던 듯싶다."

"……!"

순간 곡비연의 흔들리던 눈동자에 기이한 빛이 일렁거렸다. 그 모습에 자심연은 곧 곡비연의 앞으로 다가와 말했다.

"그자가 살해되었다. 아직 알아낸 것도 없는데……. 그리고 살수를 쫓던 백문원주가 시신으로 돌아왔지. 살수에게 당해서 육도산은 왼팔을 잃었고… 그자는 본 성의 천라지망까지 무용지물로 만들었다. 대단하지 않느냐?"

말을 하는 자심연은 분함도, 그렇다고 살기를 보이는 것도 아니었다. 보통 적에게 이렇게 농락당했다면 분노하는 게 당연한 일이 아닐까? 하지만 자심연은 평정심을 유지하고 있었다.

"우리가 알아낸 것은 아무것도 없어, 아무것도. 단지 무림 맹에 소속된 암중 조직이 백 년 동안 활동하고 있었다는 것 정도다."

"……."

아무것도 알아낸 게 없다는 자심연의 말을 믿지 못하겠다는 듯 곡비연은 눈을 크게 떴다.

"아마… 그 살수도 암중 조직에 소속되어 있겠지."

"그렇다면 천하제일의 살수 집단이겠군요. 본 성의 천라지망을 뚫었으니까요."

"집단이 아니라 개인이다. 본 성의 천라지망을 뚫은 놈은 단 한 명이었으니까."

"……!"

곡비연은 자신의 실책을 깨닫고 안색을 굳혔다. 상대는 조직이 아닌 한 개인이고, 그 한 명이 천라지망을 뚫은 것이다.

그 모습에 자심연은 곧 신형을 돌리며 말했다.

“백문원주의 자리를 비워놓으마.”

곡비연은 그 말에 다시 한 번 놀란 듯 자심연을 쳐다보았다.

“심안(心眼)을 소유한 네겐 딱 어울리는 자리인 것 같구나. 천안신공을 발휘하여라.”

“성주님…….”

곡비연은 저도 모르게 고개를 숙였다.

“암중 조직에 관한 것은 나와 죽은 곡 군사만이 아는 일이다.”

그렇게 말한 자심연은 곧 천천히 밖으로 나갔다. 그녀가 나가자 곡비연은 고개를 들었다. 그제야 복수라는 분노와 원한이 그녀의 머릿속을 헝클어놓기 시작했다.

*　　　*　　　*

쉬쉭!

바람처럼 움직이는 새들은 푸른 날개를 휘날리고 있었다. 아니, 가까이서 보니 그건 새가 아니라 사람이었고, 모두 여자였다. 그녀들은 이십대 초반으로 보였으며, 가벼운 청색 경장을 입고 있었다. 그녀들은 곧 수풀 사이에 놓인 시신 옆으로 모여들었다.

　시신은 이십대 중반으로 보이는 청년의 얼굴을 하고 있었는데, 특징이 있다면 입고 있는 게 표국의 옷이라는 것이었다.

　"진해표국의 옷이군."

　귀를 살짝 가리는 정도의 짧은 머리카락을 한 청령이 안색을 굳히며 중얼거렸다. 조금 중성적인 이미지의 그녀는 다른 두 여자보다 키가 얼굴 하나만큼 커 보통 남자들보다 조금은 더 큰 키였다.

　"그자는 역용술에 능한 자였지? 본 성의 무사로 변해 백문원주를 암살한 놈이니까 표사로 변신한다 해서 이상할 것도 없을 거야. 하긴… 나라도 안전하게 이동할 생각이었다면 표국을 이용했겠지."

　긴 머리카락을 하나로 묶은 조금 큰 눈에 둥근 얼굴을 한 미령이 청령의 옆에 쪼그리고 앉으며 말했다. 그 옆에서 작은 키에 양 갈래로 머리를 묶은 십대 후반의 황령이 작게 말했다.

　"두려운 자군요."

　황령은 안색을 굳히며 죽은 시신의 옷섶을 펼쳐 가슴을 보여주었다. 가슴에는 작은 점이 하나 찍혀 있을 뿐이었다. 하지만 그 점이 이자를 죽게 만든 흔적이었다.

　"지공이에요. 그렇게밖에는 볼 수가 없어요. 하지만… 절대 손가락으로 직접 살을 누른 게 아니라는 점이 중요해요. 최소한 몇 장의 거리에서 지력을 날렸겠지요.”

“흠…….”

청령과 황령의 안색이 순간적으로 굳어졌다. 가슴에 직접 손가락을 눌렀다면 살이 들어간 흔적이 있어야 했다. 하지만 살을 누른 흔적은 없었다. 허공을 격하고 지력을 날린 것이 분명했다.

“역용술에 능할 뿐만 아니라… 절정의 무공 실력까지…….
거기다 은밀하고 쥐새끼처럼 약아빠진 놈이라…….”

청령의 말에 황령이 고개를 끄덕이며 말을 이었다.

“저희가 지금까지 상대한 인물 중에 이렇게 완벽한 인물은 없었어요.”

“흠…….”

무거운 공기가 흐르기 시작했다.

*   *   *

꽤 넓은 집무실이었으나 서가와 책상, 그리고 손님을 위한 다탁을 제외하면 별다른 장식품 하나 없는 곳이었다. 그곳에 들어선 곡비연은 하염없이 서성이고 있었다. 아니, 아버지의 향수를 느끼는 듯 천천히 둘러보며 수십 번이고 곡현의 얼굴을 그렸다. 하지만 그리면 그릴수록 쏟아지는 울음을 참아야 했다. 이곳에서까지 눈물을 흘릴 수는 없었기 때문이다.

"아버님……."

가만히 중얼거린 곡비연은 다시 한 번 아버지의 얼굴을 그렸다. 그게 마지막이라 다짐하며 서가로 시선을 돌렸다. 그곳엔 많은 책이 꽂혀 있었는데 딱히 눈에 띄는 것은 없었다. 비밀문서라면 이렇게 서가에 놓을 리가 없다고 판단한 곡비연은 책상을 살폈다. 하지만 이렇다 할 물건은 없었다.

"……."

곡비연의 시선이 다시 책상 옆의 벽면을 향했다. 텅 빈 방 안에 유일하게 그림이 그려진 족자 하나가 걸려 있는 곳이었다. 족자엔 학창의를 입은 중년인이 강변에 서 있는 모습이 그려져 있었다.

"가슴속 시름 씻을 길 없어 이렇게 봄날의 강가를 걷고 있구나."

그림을 보는 순간 곡비연은 자신도 모르게 중얼거렸다. 그림을 보는 순간 떠오르는 시구였다. 곡비연은 곧 족자를 위로 들어 올렸다.

"역시……."

곡비연은 자신의 생각처럼 족자 뒤에 나타난 작은 서랍장을 쳐다보았다. 그곳엔 몇 권의 책이 놓여 있는 게 남들에게 보여주기 싫은 물건임이 틀림없었다.

"일기……."

곡비연은 책장을 넘기는 순간 그것이 곡현의 글씨임을 한 눈에 알아볼 수가 있었다. 곡비연은 곧 아버지의 일기를 읽기 시작했다.

*　　*　　*

위하강(渭河江)은 감숙성 위원현에서 시작되어 천수를 지나 섬서성을 양분하고 황화와 만나는 큰 강이었다.

위하강을 사이에 두고 많은 마을이 늘어서 있었는데, 그중에서도 알려지지 않은 작은 감곡 마을에 백색 비단옷을 입은 청년이 모습을 보였다. 그는 나루터에서 출발하는 민선 위에 올라탔다.

백의청년의 모습은 부잣집 도련님의 옷차림이었다. 작은 마을이기에 사람들의 이목이 집중될 수밖에 없었지만 청년은 그런 시선에 익숙한 듯 부드러운 미소로 사람들의 시선에 답했다.

청년은 갑판 끝으로 걸음을 옮기더니 난간에 기대어 흘러가는 강물을 쳐다보았다. 여전히 얼굴엔 부드러운 미소가 걸려 있었다.

“진해표국······.”

문득 작게 중얼거린 청년은 눈동자를 반짝였다. 지금쯤 백화성은 자신이 만들어놓은 덫에 걸려 진해표국을 의심할 것이다. 그리고 그들의 이목이 천수의 진해표국으로 집중되는 틈에 감숙성을 벗어날 생각이었다.

강바람이 차갑게 불어왔지만 그것보다 손에 쥐고 있는 섭선에서 불어오는 바람이 더 시원하게 느껴졌다. 그 섭선은 백화성의 백문원주인 곡현이 쓰던 것으로, 지금은 청년의 손에 들려 있었다. 이는 곡현을 죽였다는 증거라 할 수 있었다.

이제 배를 타고 하룻밤만 지나면 천수였다. 천수에서 다시 배를 갈아타 황하로 들어갈 계획이었다. 황하에 도착하면 더 이상의 추격은 없을 것이고, 백화성도 포기할 것이다. 그곳부터는 무림맹이 직접 관리하는 곳이었고, 백화성의 추격이 그곳까지 오게 된다면 다시 한 번 거대한 정사대전이 일어날 가능성이 높았다.

“공자님.”

청년은 자신을 부르는 소리에 고개를 돌렸다. 그러자 사십 대 중반의 중년인이 보기 좋은 미소를 띤 채 말했다.

“보아하니 부잣집 도련님 같은데 어디 여행이라도 다녀오시는 길입니까, 아니면 어디로 여행을 가는 중입니까?”

“귀하는 뉘신데 그리 물어오는 것이오?”

청년의 물음에 중년인은 미소로 답했다.

"아! 이거 실례했소이다. 본인은 천수상회의 총관인 곽호라 하오. 부잣집 도련님처럼 보이는 공자가 시종 한 명 없이 홀로 여행을 다니는 게 이상하여 물어본 것뿐이라오."

"궁금한 것도 많소."

"하하하! 원래 세상 모든 게 궁금한 것 아니겠소이까?"

곽호의 말에 청년은 가볍게 미소 지었다.

"소생은 운소명이라 하오. 난주에 있는 외가에 들렀다가 낙양의 본가로 가는 길이오."

"그렇다면 천수에서 배를 갈아타시겠구려."

말을 하는 곽호는 곧 낙양운가를 떠올렸다. 확실히 낙양에는 운가가 있었고, 무림과는 관계가 없는 곳이란 것도 알고 있었다.

"그럴 생각이었으나 천수 역시 명승고적이 많은 곳 아니오? 해서 며칠 머물 생각이오."

말을 하는 운소명은 이미 곽운을 보는 순간 그가 무공을 익힌 인물이란 것을 알 수 있었다. 눈빛부터가 일반적인 사람들과 다르기 때문이다. 천수상회의 총관이란 말 역시 거짓일 것이다. 천수상회야 그리 큰 상회가 아니기 때문에 자신이 아는 바가 거의 없었으나 총관이란 사람의 눈빛에 살기가 담겨져 있다는 것 자체가 이상했기 때문이다.

　범인과 무인과의 차이를 한눈에 구별할 수 있는 가장 빠른 방법이 바로 눈빛이었다. 운소명은 사람의 눈빛만으로도 이 사람이 무인인지 아닌지를 알 수 있었다.

　"천수엔 주한루라는 곳이 있는데 저희 상회가 운영하는 곳이니 꼭 한 번 들러주시구려. 잉어찜이 일품이라오. 하하!"

　"그렇게 하겠소."

　운소명이 가볍게 미소 지으며 대답한 후 시선을 돌리자 곽호 역시 곧 신형을 돌렸다. 그가 선실로 걸어 들어가자 운소명은 안색을 굳혔다.

　'과연 백화성이군. 이런 작은 배에도 정보원을 심어놓을 정도이니…….'

　운소명은 섭선을 펼쳐 부채질을 하기 시작했다. 그러다 섭선에 쓰여 있는 글귀를 발견하였다. 지금까지 신경 쓸 일이 너무 많아 미처 발견하지 못한 글귀였다.

　'유회불가사(幽懷不可寫)하여… 행차춘강심(行此春江潯)이라……. 가슴속 시름 씻을 길 없어… 이렇게 봄날의 강가를 걷고 있구나.'

　펄럭! 펄럭!

　강에서 불어오는 바람에 옷자락이 펄럭였다. 운소명의 고요한 시선이 강물을 넘어 어딘가로 향하고 있었다.

第二章
책의 향기

책의 향기

밖은 분명 해가 떠 있었다. 그러나 실내는 창문 틈으로 들
어오는 황색 무지개 하나만이 검은 바탕에 선을 만들 듯 비추
고 있었다.

황색 빛 너머엔 두 명의 그림자가 앉아 앞을 보고 있었다.
정확히는 황색 무지갯빛 너머에서 자신들을 바라보고 있는
인물을 향하고 있었다.

"일호가 일을 크게 했더군요."

"대단한 놈이오. 불과 두 달 만에 일을 처리할 줄이야……."

두 인물은 한 쌍의 남녀인 듯 목소리가 확연히 구분되었다.

그들의 말소리에 홀로 앉은 어두운 그림자 속 인물이 입을 열었다.

"쓸데없는……."

그의 목소리에 여자의 목소리가 다시 말했다.

"곡현을 죽인 일이 쓸데없는 일일까요?"

"분명 배신자만 죽이라고 명령하지 않았던가."

예의 상석에 앉은 중년인의 목소리였다. 그의 조금 무거운 목소리만으로도 기분이 좋지 않은 것을 알 수 있었다.

"배신자도 죽이고 오는 길에 곡현까지 죽였다면 일거양득(一擧兩得) 아닌가요? 쓸데없는 짓은 아닌 것 같군요."

"흥! 우린 명령만 충실히 따르는 개를 원하는 것이지 생각을 가진 개를 원하는 게 아니오."

여자의 옆에서 차가운 목소리가 저음으로 흘러나왔다. 그 말에 잠시간 침묵이 실내에 맴돌았다.

"일호는 너무 위험하오."

다시 한 번 저음이 흘렀다.

"백 년의 홍천(紅天) 역사상 가장 뛰어난 녀석이에요. 두 분도 그렇게 평가하지 않았던가요? 그러니 우리에게도 위험한 것 역시 당연한 것 아닌가요? 우린 병기를 키웠지 고수를 키운 게 아니에요."

다시 침묵이 흘렀다. 그녀의 말처럼 지금의 일호는 역대 최고라는 평을 받는 인물이었다. 물론 홍천에 대해 알고 있는 사람만이 그렇게 말할 뿐이었다. 상석에 앉은 중년인의 목소리가 흘러나왔다.

"결과적으론 우리에게 큰 이득을 안겨준 놈이네. 일호에겐 평소처럼 휴가를 주도록 하지. 잠시 쉬라고 하게."

중년인이 손짓을 하자 여자의 그림자가 소리없이 사라졌다. 그녀가 사라지자 옆에 앉아 있던 인물이 입을 열었다.

"두려운 놈입니다. 일 년 이상 걸릴 것이라고 했던 일을 단 두 달 만에 해결하였고, 또한 백화성의 백문원주인 곡현까지 죽이고 유유히 백화성의 천라지망까지 뚫고 돌아온 놈입니다."

"그래서?"

중년인의 목소리에 예의 목소리가 다시 말했다.

"우리가 원했던 놈이 아닐지도 모른다는 뜻이지요. 시키지도 않았는데 곡현을 죽인 게 마음에 걸립니다."

"일호는 지금까지 단 한 번도 우리를 배신한 적이 없네. 또한 우리에겐 아직 일호가 필요하네. 어차피 쓰다 버리는 말… 자네는 너무 심각하게 생각하지 말게나. 곡현에 대해서 백화성이 물어올 것이 분명하니 그 일은 자네가 알아서 하게. 어차피 증거도 없으니. 후후후……."

"알겠습니다."

슉!

그의 신형 역시 어둠 속에서 사라지자 중년인의 목소리가 허공중에 조용히 울렸다.

"확실히… 너무 튀어나왔어. 아플 정도로……."

*   *   *

음습한 동부 안에는 두 구의 시신이 차가운 한옥 관에 누워 있었다. 한 구는 백화성 사대당 중 동천당의 삼단주 원형옥의 시신이었고, 다른 한 구는 진해표국의 홍동이라 불리는 젊은 청년의 시신이었다.

싸늘한 한기 때문인지 두 시신의 부패는 거의 없었다. 살아 있을 때의 모습을 최대한 유지하기 위한 한옥 관이었기 때문이다.

저벅! 저벅!

어두운 동부에 빛과 함께 북적거리는 발걸음 소리가 울리더니 십여 명의 인물이 안으로 들어왔다. 곧 사방에 횃불이 밝혀지더니 어두웠던 동부가 환한 대낮처럼 변하였다. 그 가운데 새롭게 원주가 된 곡비연이 서 있었다.

"이 두 구인가요?"

곡비연의 물음에 우측에 서 있는 정보각의 각주인 문소월이 공손히 대답했다.

"그렇습니다, 원주님. 이자는 동천당의 삼단주인 원형옥이고, 그 옆은 진해표국의 표사인 홍동이라 합니다. 진해표국은 천애산을 지나 천수로 향하는 중이었는데 홍동이 실종된 것은 보름 전… 그러니까, 저희 천라지망이 뚫린 뒤 하루가 지난 후였습니다."

"진해표국은 홍동이 실종된 것도 모르고 있었습니다. 저희들이 발견한 홍동의 시신과 그들이 홍동의 실종을 알게 된 현 리와의 거리는 오백 리입니다. 이미 오백 리를 진해표국과 함께 이동한 후에 섬서로 빠져나간 것 같습니다."

문소월의 대답과 함께 곡비연의 좌측에 서 있던 한수가 덧붙였다. 그는 대영각의 각주로, 백화성의 외부 일을 모두 처리하는 인물이었다. 백화성과 함께하는 수많은 방파를 관리하는 인물이 바로 한수였다. 그리고 그의 직속상관으로 곡비연이 앉은 것이다. 곡현이 죽었을 때 내심 백문원의 원주 자리를 노리고 있던 인물이었기에 곡비연에 대해서 그리 마음에 들어하지는 않았다. 하지만 백화성주의 명이 곧 이곳의 법이었기에 겉으로 드러낼 수는 없었다.

문소월과 한수는 곡비연의 오른팔과 왼팔로, 상당히 뛰어난 인물들이었다. 문소월은 곡현을 존경했기에 곡비연에 대해서 측은지심을 가지고 있었다.

“이상하군요. 진해표국의 표사라는 것을 굳이 우리에게 알릴 필요가 있었을까요? 거기다 그자는 짧은 시간에 다른 사람의 얼굴과 똑같이 변신할 수 있는 역용술을 지닌 인물이에요. 두려울 정도로 대담한 능력이에요. 천변만화라는 말이 꼭 그 살수를 향한 말 같군요. 그자는 굳이 우리에게 진해표국을 알릴 필요도 없었을 것이에요. 그런데 알렸다면…….”

“아무래도 시간을 벌려는 속셈이었던 것 같습니다. 전대원주께서 돌아가신 후 정신없던 우리의 시선을 진해표국으로 돌린 것이 분명합니다.”

곡비연이 한수의 말에 고개를 끄덕였다.

“맞아요. 저희는 천라지망이 뚫렸다는 충격과…….”

곡비연은 아버지의 이야기를 하려다 말을 멈추었다. 차마 돌아가셨다는 것을 말로 할 수가 없었기 때문이다.

“그자는 영약한 자입니다. 저희들의 시선을 분산시킨 게 아니라 오히려 진해표국으로 집중시키지 않았습니까? 연이은 충격 때문에 힘드실 텐데… 이곳은 저희가 알아서 하겠습니다.”

문소월이 곡비연을 배려하며 말하자 곡비연이 고개를 저었다.

“아니에요. 그것보다 이 두 시신의 공통점을 찾으셨나요?”

“공통점이라…….”

문소월과 한수가 그 물음에 시신을 살피기 시작했다.

"둘 다 이십대 중반이라는 것, 무사라는 것, 또… 남자?"

"또 있어요."

한수의 말에 곡비연이 미소 지으며 쳐다보자 한수는 안색을 찌푸리며 시신을 유심히 살피기 시작했다. 둘의 사혼은 다르기에 그것 역시 공통점이 될 수는 없었다.

"원주님은 무언가 찾으신 것 같습니다?"

문소월이 은근한 눈빛으로 묻자 곡비연이 고개를 끄덕였다.

"일단 한 각주의 말처럼 남자라는 게 우리가 찾은 점이에요. 하지만 또 하나의 공통점이 있어요. 그것은 두 시신의 키가 거의 비슷하다는 점이에요. 물론 두 구의 시신만으로 판단을 내릴 수는 없지만… 다른 사람으로 완벽하게 변하고 싶을 때 키가 다르다면 문제가 되지 않겠어요?"

곡비연의 말에 한수와 문소월이 눈을 반짝이며 고개를 끄덕였다.

"일단 상대에 대해서 이 두 가지만 알게 된 것도 큰 소득이에요."

"육 척 석 치라……. 그 정도라면 큰 것도 아니고 작은 것도 아닌 평범한 키인데… 곤란스러운 놈이군."

한수가 안색을 다시 한 번 찌푸리며 중얼거렸다. 왜냐하면 그 키의 남자들이 가장 많았기 때문이다.

"현재 삼령의 추적이 계속되고 있으니 그 결과를 기다려 보는 것은 어떻겠습니까?"

곡비연은 이미 살수를 놓쳤다는 것을 알 수 있었다. 이미 새를 놓친 이상 그 새는 더 이상 이곳으로 오지 않을 것이다. 그것이 아쉬웠다.

"철수하세요. 이미 그자는 중원 깊숙이 들어갔을 거예요."

"삼령은 저도 자부하는 저희 정보각 최고의 인재들입니다. 한번 기대를 걸어보는 것이 어떻겠습니까?"

곡비연의 말에 문소월이 강인한 표정으로 말하자 곡비연은 고개를 천천히 끄덕였다. 문소월 같은 인물이 인정한다면 그 실력 또한 대단할 것이 분명했기 때문이다.

"기대하고 있을게요."

그렇게 말한 곡비연은 곧 미련없이 동부를 빠져나갔다.

*　　　*　　　*

중원 역사에 이름 높은 낙양성에 세 명의 여자가 수레를 끌고 들어오고 있었다. 그녀들은 백화성에서 운소명을 추적하기 위해 나온 삼령이었다.

"우리가 중원에서 가장 조심해야 할 문파가 있다면 그건 바로 개방이다. 거지들을 제일 조심해야지."

청령의 말에 황령과 미령이 고개를 끄덕였다. 그녀들도 개방에 대해서 잘 알고 있었기 때문이다.

"그나저나 사람은 많네요. 역시 낙양……."

"미령은 중원이 처음이지?"

"예."

황령은 곧 미소를 그리며 말했다.

"조심하는 게 좋아. 눈감고 있으면 코를 베어가는 곳이 중원이니까."

"헉!"

그 말에 미령은 놀란 듯 코를 양손으로 막았다. 그 모습에 청령과 황령이 웃음을 보였다. 그 말을 진실처럼 믿는 눈빛이었기 때문이다.

"여기서부터 우리는 다시 시작하는 거다."

청령의 미소 지은 말에 황령과 미령이 눈을 반짝이며 고개를 끄덕였다.

덜컹! 덜컹!

많은 사람들 틈으로 수레가 지나가고 있었다. 운소명은 그 위에 앉은 세 명의 젊은 처자를 슬쩍 보며 그 옆을 스치듯 지나쳤다.

걸음을 옮기던 그의 눈에 곧 작은 다루가 보이자 안으로 들어갔다. 안에는 몇몇 상인들이 차를 마시고 있었다.

"어서 오십시오. 무슨 차를 드릴까요?"

"죽엽차."

짧게 말한 운소명은 빈자리에 앉았다. 얼마 지나지 않아 주인이 내온 뜨거운 차를 천천히 마시며 지나가는 행인들의 모습을 쳐다보았다. 딱 차를 다 마실 시간인 일다경이 지나자 운소명은 자리에서 일어나 밖으로 걸어나갔다. 길을 걸으며 운소명은 소매에서 작은 종이를 꺼내 펼쳤다. 차를 마시는 순간 찻잔의 바닥에 붙어 있던 종이를 챙긴 것이다.

휴식(休息).

운소명은 미소와 함께 종이를 손안에 쥐자 종이는 가루가 되어 먼지처럼 그의 손에서 사라졌다.

운소명의 입술에 미소가 걸렸다. 오랜만에 아무것도 생각하지 않고 쉴 수가 있었기 때문이다.

천하는 너무 넓어 실제 무림인을 만난다는 것은 쉬운 일이 아니었다. 무림맹이 존재하는 남창성에서라면 무림인을 자주 볼 수가 있었지만 그 외의 지역에서 무림인을 찾아보기란 어려운 일이었다.

　얼마나 많은 사람이 천하에 존재하는 것일까? 사람은 그 수를 셀 수 없을 만큼 많았으며 세상은 넓었다. 어딜 가도 사람이 있었고 마을이 있었으며 큰 성도 존재하고 있었다. 이 모든 천하를 다스리는 황제란 인물은 필시 신과도 같은 인물일 것이다.

　신이 아닌 이상 어찌 이 많은 사람과 이 광대한 천하를 다스릴 수가 있겠는가? 그리고 실제 황제는 신과도 같은 인물이었다. 황제를 곁에서 모시는 사람들은 같은 사람이라고 생각할지 모르나 실제 이 세상을 차지하는 대다수의 사람들은 황제를 신처럼 여기고 있었다.

　그런 황제도 무림을 인정하고 있었다. 무림의 존재가 있기에 천하를 다스리기가 수월했다. 이는 각 지방의 호족들은 대다수가 무림인이었으며 무림과 깊은 관계를 맺고 있었기 때문이다.

　이처럼 넓은 천하와 수많은 사람들 중에 이름을 알린다는 게 쉬운 일일까? 결코 쉬운 일이 아닐 것이다. 명성을 얻는 데 목숨을 건다는 말도 이처럼 명성을 얻기가 어렵기 때문이다. 만인이 알고 있는 사람이란 그만큼 뛰어나다는 뜻이기 때문이다. 그리고 오늘도 무림인들은 명성을 쌓기 위해 목숨을 건 비무를 하고 있었다.

　호북성의 성도인 무한에 도착한 운소명은 번화한 거리를 걷다 넓은 광장 같은 곳에 많은 사람의 시선을 받으며 서 있는 두 명의 인물을 쳐다보았다.

　"싸움 구경이 불구경보다 재미있다니까."

　옆에서 떠드는 사람들의 목소리를 들으며 운소명은 과연 그 둘 중에 누가 이길지 내기라도 걸고 싶다는 생각이 들었다.

　"장강귀호(長江鬼虎) 호 대협과 무한일도(武漢一刀) 고가가 드디어 무한제일인 자리를 걸고 싸우는군."

　운소명은 조금 작은 키에 사십대 중반으로 보이는 인물이 장강귀호라는 것을 알 수 있었다. 그의 손에는 죽봉이 들려 있었는데 물을 머금어서 그런지 검게 변해 있었다. 그 맞은편엔 삼십대 후반으로 보이는 꽤 큰 인물이 도를 들고 서 있었다. 그자가 무한제일의 도객이라 불리는 무한일도였다.

　"귀혼방이 드디어 끝장을 보려나?"

　운소명은 바로 옆에서 중얼거리는 중년인의 얼굴을 쳐다보았다. 중년인은 안색을 찌푸리며 장강귀호를 쳐다보고 있었다. 운소명은 귀혼방이란 말에 대충 짐작이 갔다. 장강귀호는 장강에서 낚시를 즐기는 인물이었고, 무한일도는 귀혼방의 방주로 무한의 어둠을 장악하고 있는 인물이었다.

"어르신, 패배하게 되면 무한을 떠난다는 약속, 지키셔야 합니다?"

"물론이지. 자네도 패배하면 무한을 떠나게. 물론 애들과 함께 말이야. 산적이 되든 수적이 되든 뭘 해도 상관은 없으나 반드시 이 성에서 나가야 할 것이야."

"남아일언 중천금이오."

고덕은 고개를 끄덕이며 미소 지었다. 단 일도에 끝낼 수 있을 상대처럼 호룡의 모습은 초라해 보였기 때문이다. 하지만 쉽게 움직이지는 않았다. 호룡은 장강귀호라는 별호처럼 장강에선 귀신같은 호랑이라 불리는 인물이었다. 그 명성만큼 무공 역시 대단했다.

그러던 어느 순간 둘의 그림자가 빠르게 서로를 향해 달려들었다.

따다당!

금속음과 함께 죽봉과 도가 얽히기 시작했다. 고덕의 신형이 그 덩치에 어울리지 않게 날렵함을 보였으며, 호룡은 작은 키만큼이나 번개 같은 움직임을 보이고 있었다.

휘휙!

죽봉이 원을 그리며 고덕을 압박하기 시작하자 고덕은 처음과는 다르게 뒤로 물러설 수밖에 없었다.

따다닥!

죽봉의 길이가 그가 들고 있는 유엽도보다 길었기 때문에 접근하기가 힘들었다. 그저 쳐내는 게 다였다.

"형님!"

물러서는 고덕에게 백여 명의 장한이 일제히 소리치며 응원하기 시작했다. 모두 귀혼방의 방도들로, 고덕의 수하들이었다. 그들의 주변에는 사람이 거의 없었고, 호룡의 뒤로는 많은 사람들이 모여 있었다. 운소명은 연신 뒤로 물러서는 고덕을 보고 그의 패배를 알 수 있었다. 한번 승기를 놓치면 더 이상의 반전은 어려웠기 때문이다.

쉬쉭!

죽병이 회전하며 좌우로 허리를 때려오자 고덕은 물러서던 몸을 멈추고 신형을 낮추어 막았다. 순간 죽봉이 그의 양 다리 사이로 들어왔다.

"헉!"

고덕이 막 도로 쳐내려는 순간 죽봉이 그의 양 허벅지 안쪽을 강타했다.

퍼퍽!

"크윽!"

고덕의 신형이 비틀거리자 죽봉 끝이 고덕의 복부를 찔렀다.

퍽!

“커억!”

고덕은 숨이 멈출 것 같은 고통에 눈을 부릅뜨며 바닥에 엉덩방아를 찧었다.

“와아아!”

순간 호룡의 뒤로 서 있던 수많은 사람들이 함성을 내질렀다.

슉!

호룡은 죽봉 끝을 고덕의 미간 사이로 겨누며 말했다.

“자네가 졌네.”

“형님!”

“이런 개새끼가!”

순간 고덕의 수하 중 십여 명이 들고 있던 도를 던졌다. 쉬쉬쉭! 하는 바람 소리와 함께 호룡을 향해 도가 날아들자 호룡은 안색을 굳혔다. 자신이 도를 피하면 뒤에 있는 사람들에게 향할 것이기 때문이었다.

“빌어먹을 놈들!”

휘릭!

순간 호룡은 뒤로 물러서며 죽봉을 양손으로 빠르게 돌리며 앞을 막았다. 그러자 원형의 방패가 생겨나더니 날아오는 도들을 튕겨내었다.

따다당!

도들이 바닥에 떨어지는 소리가 요란하게 들렸다. 그 순간 고덕의 신형이 호룡의 면전 앞으로 빠르게 회전하며 날아들 었다.

"앗!"

사람들의 안색이 굳어졌다. 고덕이 움직임이 너무나 빨랐 기 때문이다.

슈아악!

회전과 함께 도가 호룡의 허리를 잘라왔다. 온 힘을 다한 듯 도에 담긴 경기가 바람처럼 일어나자 호룡은 안색을 굳히 며 봉을 들어 옆으로 막아갔다.

팍!

"……!"

호룡의 눈동자가 부릅떠짐과 동시에 고덕의 신형이 회전 과 함께 그의 옆을 스치고 지나쳤다.

팟!

신형을 멈춘 고덕은 눈웃음을 짓더니 입술에 사이한 미소 가 걸렸다. 살을 벤 느낌이 확실하게 손끝을 타고 전해져 왔 기 때문이다.

뚝! 뚝!

그의 도끝에선 선혈이 떨어져 내리고 있었다.

"후후… 하하하하!"

고덕은 크게 웃으며 신형을 돌려 비틀거리는 호룡을 쳐다
보았다. 호룡은 멍한 시선으로 죽봉에 의지한 채 자신의 배를
부여잡고 있었다. 이미 그의 하체는 배에서 흘러내린 핏물로
범벅이 된 상태였다.

"어차피 승부는 승부… 내가 이긴 것 같구려."

털썩!

호룡이 고통을 이기지 못한 채 바닥에 주저앉자 고덕은 다
가오며 도를 들었다.

"장강귀호도 별거 없구먼."

고덕이 비웃듯이 웃으며 호룡의 목을 자르려 하자 수많은
사람들의 안색이 어둡게 변하였다. 그의 비겁함에 뭐라 하고
싶었지만 나서는 사람은 단 한 사람도 없었다.

"아버지!"

그 순간 십대 후반의 소녀가 울음 섞인 표정으로 달려와 호
룡을 안았다.

"아버지… 아버지……."

호룡을 꼭 끌어안고 있는 소녀의 모습에 고덕은 손을 내렸
다.

"뭐야? 딸내미인가?"

고덕은 안색을 찌푸리며 소녀의 얼굴을 쳐다보았다. 울고
있는 모습이었으나 꽤 예쁘장하게 보이자 수하들에게 시선을

던졌다.

"아버지……."

소녀의 목소리에 호룡은 혼미한 정신으로 소녀의 손을 잡았다.

"미안하구나……."

달리 무슨 말을 할 수가 있었을까? 호룡은 그저 자신이 죽고 나면 아무도 곁에 없을 자신의 딸이 걱정될 뿐이었다. 하지만 눈은 점점 감기고 있었다.

"미안하구나……."

호룡은 같은 말만 되풀이하더니 결국 눈을 감았다. 그 순간 장한의 손이 소녀의 머리카락을 잡아챘다.

"악!"

소녀가 갑작스러운 고통에 비명을 질렀으나 죽은 호룡의 몸에서 떨어질 생각이 없는 듯 강하게 호룡의 시신을 잡았다.

"이 계집애가 미쳤나? 죽고 싶지 않으면 따라오라고!"

소녀의 불쌍한 모습에 사람들은 분노에 찬 표정을 보였으나 그 순간 백여 명의 장한이 일제히 사람들 사이로 몰려들며 발길질을 하기 시작했다.

"뭘 봐! 끝났으니까 돌아가!"

"멈춰라!"

휘릭!

순간 흩어지는 사람들의 머리를 넘으며 홍의여인이 나타
났다. 그녀는 싸늘한 시선으로 귀혼방의 장한들을 쳐다보더
니 소녀의 머리채를 잡은 장한과 눈이 마주치자 신형이 사라
졌다.

퍼퍽!

"크악!"

장한이 피를 토하면서 허공으로 반 장 정도 솟구친 후 바닥
에 떨어졌다. 그녀는 가볍게 발로 장한의 턱을 차올린 것이
다.

"위지세가다!"

"오오!"

순간 사람들은 그녀의 주변으로 세 명의 호위무사가 나타
나자 일제히 소리치며 환성을 내질렀다. 세 무사가 위지세가
의 옷을 입고 있었기 때문이다.

"이 미천한 것들이 감히… 대낮에 살인을 저지르는 것도
모자라 죄없는 소녀를 끌고 가려 해? 정녕 죽고 싶은가 보구
나."

그녀의 살기가 사방으로 퍼져 나가자 귀혼방의 장한들이
고덕의 뒤로 물러서며 안색을 굳혔다. 위지세가의 무사 세
명이면 어떻게든 싸울 수는 있었으나 문제는 그 앞에 서 있
는 여자였다. 그녀가 위지세가의 직계라면 큰 문제이기 때문

이다.

"하하하! 소저께서 오해하신 것이오. 나는 그냥 비무를 했을 뿐이고, 목숨을 건 비무에서 이겼을 뿐이오."

고덕의 말에 위지상은 안색을 굳히며 죽은 호룡을 쳐다보았다. 비무를 한 것이라면 크게 참견할 일이 아니었다. 하지만 소녀를 끌고 가는 모습을 본 이상 가만히 있을 수는 없었다.

"그럼 그냥 가면 될 것이지, 왜 죄없는 소녀를 끌고 가는 것이냐?"

"죽은 아비에게 붙어 있기에 떼어놓은 것뿐이오."

고덕의 말에 위지상은 차갑게 눈동자를 반짝였다.

"웃기는 소리 하고 있군."

위지상의 말에 고덕은 안색을 굳혔다. 그녀의 살기가 점점 강해졌기 때문이다.

"비무에서 이긴 자가 죽은 자에 대한 애도도 없이 그 딸을 데려가려 한다? 나는 어디에서도 그런 말을 들어본 적이 없는데? 요즘 무한엔 귀혼방이라는 쓰레기 같은 놈들이 난리를 친다고 하더니, 네놈들은 아니겠지?"

순간 고덕의 전신이 미미하게 떨렸다. 자신을 쓰레기라고 불렀기 때문이다. 이처럼 큰 모욕을 당해보긴 처음이었기에 그 분노가 상당하였다.

"위지세가라고 가만히 있었더니 감히 본 방을 능멸해? 계집이 눈에 뵈는 게 없는 것 같구나! 내 오늘 네년의 치맛자락을 모두 찢어 그 속을 봐야겠다."

"이 미천한 놈이 감히!"

위지상은 분노한 표정으로 검의 손잡이를 잡았다. 그 순간 고덕의 옆에서 한 명의 중년인이 마치 처음부터 그 자리에 있었던 것처럼 서서 말했다.

"우리 위지세가가 언제부터 자네 따위가 입에 올릴 만큼 낮아진 것인가?"

"헉!"

순간 고덕은 소스라치게 놀라며 뒤로 물러섰다. 그런 그의 눈에 백의를 입은 중년인이 들어왔다.

"위지강……."

"어허……."

고덕이 자신도 모르게 그의 이름을 중얼거리자 중년인이 안색을 찌푸렸다. 그 모습에 고덕은 재빠르게 다시 말했다.

"위지 대협, 죄송하오. 물러가자!"

고덕은 빠르게 말하며 귀혼방의 수하들과 함께 귀혼방이 사라지자 사람들도 곧 흩어졌다.

위지강은 조카인 위지상의 모습에 반갑게 미소를 그렸다.

"조금 늦는 것 같아 나왔더니, 이런 일에 참견하고 있었느냐?"

"이런 일이라니요? 이게 얼마나 큰일인데요? 한 사람의 생명을 살리는 중요한 일이에요."

그렇게 말한 위지상은 바닥에 누워 있는 호룡의 시신과 그 곁에서 흐느끼는 소녀를 쳐다보았다. 위지강은 호룡의 얼굴을 익히 알고 있었기에 안색을 찌푸렸다.

"본가로 데려가면 안 될까요?"

위지상이 급작스럽게 묻자 위지강은 잠시 생각하는 표정을 보였다. 그러자 위지상이 다시 말했다.

"큰 봉변을 당한 아이예요. 제가 데리고 있겠어요. 허락해 주세요. 아버님껜 직접 말씀드릴 테니."

"네가 그렇게까지 말한다면야……."

곧 위지강은 고개를 끄덕였다.

운소명은 위지세가의 등장에 뒤로 물러섰다. 그리고 소녀가 호룡의 시신과 함께 위지세가로 가는 모습을 마지막까지 지켜보다 신형을 돌렸다.

주루에 들어와 저녁을 먹는 내내 운소명은 좀 전의 비무를 떠올리고 있었다. 아니, 비무가 끝난 뒤의 일이 머릿속에서 떠나지 않았다.

'비정하군.'

　　실제 승리는 호룡이 차지했으나 결국 사람들은 그 누구도 호룡을 입에 올리지 않았다. 죽는 그 순간 호룡이란 사람은 이 세상에 없는 것이고, 더 이상 그를 기억하는 사람도 없었다. 고덕은 비겁하게 이겼지만 이곳 사람들은 늘 고덕을 떠올릴 것이다.

　　호룡과 고덕의 비무를 보던 사람들 중 몇 사람도 이 주루에서 식사를 하고 있었으나 호룡에 대한 이야기는 없었다. 그저 위지세가의 이야기만 할 뿐이었다.

　　식사를 끝낸 운소명은 곧 자리에서 일어섰다. 해가 저물어 가는 하늘을 바라보며 밖으로 나온 운소명은 천천히 서쪽으로 걷기 시작했다.

　　"빌어먹을 계집 같으니!"

　　쾅!

　　음식이 널려 있는 탁자를 발로 찬 고덕은 분이 풀리지 않는지 어깨를 들썩거리며 숨을 거칠게 몰아쉬고 있었다.

　　넓은 대청에 흩어진 수하들이 고덕의 울화에 모두 침묵하고 있었다. 호룡을 이긴 것은 기분 좋은 일이나 위지세가의 여자에게 모욕을 당한 일은 치욕적인 일이었다. 그렇다고 위지세가에 덤빌 수도 없었다. 덤비는 순간 귀혼방은 무한에서 사라질 것이 분명했기 때문이다. 치욕적인 기분이지만 참아야 했다.

"술을 가져와라!"

고덕은 소리치며 의자에 앉았다. 그러다 호룡의 딸을 떠올리며 다시 크게 외쳤다.

"여자들도 데려와야 한다! 오늘 밤에는 실컷 마시고 즐기자꾸나! 그 빌어먹을 호룡을 죽였으니 말이다!"

"우오오!"

순간 수하들이 크게 외치며 기쁜 표정을 지었다. 놀자는데 좋지 않을 사람은 없었다. 곧 수하들은 술과 잡아두었던 여자들을 끌고 들어왔다. 곧 흥겨운 그들만의 잔치가 시작되자 시끌벅적한 분위기가 이어졌다. 하지만 그 시간도 길지는 않았다.

"크아악!"

얼마나 놀았을까? 고덕은 술에 취해 붉어진 얼굴로 소리가 난 곳을 쳐다보았다.

"이게 무슨 소리야?"

고덕은 안색을 찌푸리며 중얼거렸다.

퍼퍼퍽!

바람 소리가 들리는 것 같더니 순식간에 수하들이 피를 뿌리며 바닥에 쓰러지는 것이 아닌가? 고덕은 눈을 부릅뜨며 자리에서 일어섰다.

"누구냐!"

고덕의 외침에 그의 앞으로 평범한 얼굴의 청년이 바람처럼 모습을 보였다. 그 유령 같은 모습에 고덕은 눈을 부릅떴다.

"큭!"

순간 청년의 주변에 있던 다섯 수하의 얼굴에 혈선이 그려지더니 바닥에 쓰러졌다. 하지만 청년의 손에 들린 유엽도에는 단 한 방울의 피도 묻어 있지 않았다. 섬뜩할 만큼 빠른 쾌도였다.

"위지세가냐?"

고덕은 이 근방에 이 정도의 고수가 존재한다고는 믿을 수 없었다. 아니, 있지도 않았다. 그렇다면 단 한 곳, 위지세가밖에는 없었다. 그렇기 때문에 위지세가의 사람인지를 물은 것이다. 하지만 청년은 가볍게 미소만 보일 뿐이었다.

쉬쉬쉭!

순간 청년의 신형이 유령처럼 사방을 돌며 수하들을 죽여나가기 시작했다. 그 모습을 고덕은 그저 바라볼 수밖에 없었다. 다른 이유는 없었다. 청년의 모습이 환영처럼 늘어났기 때문이다. 그 수가 얼마인지도 눈으로 셀 수가 없었다. 너무나 빨랐고, 너무나 많았다.

휘릭!

그러던 어느 순간 청년의 늘어난 그림자가 하나로 합쳐지더니 고덕의 눈앞에 자리해 있었다. 그의 시선은 고덕을 향하고 있었으며 뭔가 먹기 싫은 음식을 억지로 먹은 듯한 표정이었다.

털썩!

"크으윽!"

신음성과 함께 누군가 쓰러지는 소리가 들리더니, 어느새 주변에는 단 한 명의 수하도 서 있는 자가 없었다. 모두 죽은 것이다. 그 짧은 시간에.

"누… 누구… 시오?"

고덕은 자신도 모르게 손발을 떨었다.

"왜, 왜 이러시오?"

자신이 지금 존댓말을 쓰고 있다는 사실조차 모르고 있었다. 그저 머릿속이 하얗게 변해 있을 뿐이었다.

"내가 무슨 잘못이라도 했소?"

고덕은 이유가 정말 궁금한 듯 계속 물었다.

"그냥."

청년은 그저 짧게 말하며 도를 들었다. 고덕의 안색이 굳어졌다.

"그… 그냥이라고? 그냥이란 말이오? 아무 이유도 없이 그냥?"

고덕은 어이가 없다는 듯 황당한 시선으로 청년을 쳐다보았다. 아무런 이유도 없이 이렇게 사람을 죽일 수가 있는 것일까? 자신이 아무리 악독해도 이유없는 싸움을 한 적은 없었다. 그런데 눈앞의 청년은?

"왜?"

퍽!

청년의 도가 무심하게 고덕의 정수리를 장작 패듯 찍었다. 곧 손을 놓은 청년은 신형을 돌렸다.

"기분이 나빠."

청년은 중얼거리며 혈향으로 물든 실내를 한 바퀴 둘러본 후 씁쓸한 표정으로 발걸음을 옮겨갔다.

*   *   *

한수 강변에 홀로 서 있는 작은 목조 집에서 젊은 청년이 모습을 보였다. 그리 큰 키는 아니지만 체격이 좋아 건장해 보였고, 긴 머리카락을 뒤로 묶어 넘겼으며, 눈썹이 굵고 입술을 굳게 다문 모습이 사내다워 보였고, 전체적인 얼굴선이 가늘고 오관이 뚜렷하여 잘생긴 얼굴이었다.

무한에서 하루 정도 떨어진 한수 강변에 자리한 이곳에 도착한 운소명은 오랜만에 휴식을 취할 수가 있었다.

전 중원에 깔려 있는 수많은 은신처 중 한 곳으로 이번 임무를 마치고 이곳으로 온 것이다.

뿅!

강변에 앉아 낚싯대를 드리운 운소명은 부드러운 표정이었다. 오랜만에 찾아온 휴식이라 즐거운 것일까? 운소명은 기분이 좋아 보였다.

"후후……."

자신도 모르게 웃음이 흘러나왔다.

백화성에 침입해서 맹의 배신자를 죽이는 일은 이미 계획되어 있었다. 꽤 긴 시간 동안 준비한 계획이었고, 계획처럼 백화성에 잠입할 수가 있었다. 하지만 뇌옥까지 가는 일은 쉽지 않았다. 처음 한 달을 백화성의 말단 무사로 지내면서 지도를 그렸으며, 경비무사들과 친해지고 그들과 시간을 보내면서 경비 시간대를 외웠다.

또한 경비무사들 중 자신과 비슷한 체형의 무사를 찾았으며 똑같은 돈피면구를 준비하였다. 그렇기 때문에 뇌옥 침입 당일 경비무사로 변장해 들어가 일을 처리할 수가 있었다.

생각보다 일은 쉬웠다. 뇌옥 경비무사의 모습으로 들어갔기 때문이다. 하지만 어디 백화성이 쉬운 곳이던가.

당연히 백화성의 무사들에게 걸렸고, 도망칠 수밖에 없었다. 그런데 도망칠 때 아무런 준비도 없이 도망쳤을까? 경비 무사들과 자주 식당에서 식사를 할 때 단주라는 인물을 기억하고 있었다.

자신과 비슷한 체형. 그의 얼굴 역시 이미 돈피면구를 준비한 상태로, 탈출할 때 사용할 계획이었다.

일은 잘 풀렸고, 노미산으로 들어가는 순간 단주라고 불린 인물을 만날 수가 있었다.

지금 생각해 보면 우스웠다. 자신과 같은 얼굴을 한 또 다른 자신을 보던 그 황당한 표정이… 그자는 죽어서도 많은 의문을 품었을 것이다.

스슥!

바람 소리에 풀밭이 흔들리고 있었다.

"여기에 있었군."

저음의 목소리와 함께 운소명의 옆으로 흑의 무복에 검은 방립을 쓴 인물이 앉았다. 운소명은 고개를 돌려 방립인의 얼굴을 쳐다보았다.

방립인의 눈동자엔 아무런 감정이 담겨져 있지 않았으며 피부는 하얗게 탈색되어 있었다. 또한 표정 역시 단 한 번도 웃지 않은 사람처럼 차갑게 식어 있었다.

"오랜만이군, 무면객(無面客)."

운소명은 가볍게 미소 지었다.

"무면이라……. 마음에 안 들어."

무면객 고사운은 무심한 표정으로 중얼거렸다. 예전부터 듣던 말이기 때문에 기분이 나쁘지는 않았지만 자신에게는 어울리지 않는 것 같다는 생각을 하였다. 스스로는 감정이 많다고 생각했기 때문이다. 하지만 말을 하는 중에도 그의 표정엔 변화가 없었다.

"내가 보기엔 딱 어울리는 것 같은데?"

"내가 마음에 안 들어도 그렇게 부르는 사람이 너무 많아."

고사운은 여전히 변화없는 표정으로 자리에서 일어섰다.

"무사해서 다행이군. 죽을 줄 알았는데."

"죽고 싶은데 죽여줄 사람이 없어. 후후."

농담처럼 운소명이 말하자 고사운은 늘 보던 모습인 듯 변화없는 표정으로 신형을 돌렸다.

"얼굴을 봤으니 가마."

"무슨 일로 네가 왔지?"

운소명은 흘러가는 강물을 바라보며 굳은 목소리로 물었다. 그가 이곳에 왔다면 이곳에 살생부에 적힌 사람이 있다는 뜻이었기 때문이다. 고사운은 막 한 걸음 옮기려다 멈춰 섰다.

"나는 그저 시키는 일만 하러 왔을 뿐, 궁금한 게 있다면 천주에게 물어보도록."

그렇게 말한 고사운은 느릿한 걸음으로 멀어져 갔다.

잠시 고개를 돌려 멀어지는 고사운을 쳐다보던 운소명은 옅은 미소를 보였다. 어쩌면 홍천이란 이름에 가장 잘 어울리는 인물이 고사운일 것 같다는 생각이 들었다. 아니, 그 생각은 예전부터 하고 있었다. 자신과는 다르게 그는 감정의 변화가 없었으며 시키는 일에 대한 호기심도 없는 인물이었다. 또한 철저한 완벽주의자가 아니었던가.

자신이 만난 사람 중에 유일하게 속을 알 수 없는 사람이 있다면 바로 고사운일 것이다. 그런데 왜 자신보다 서열이 낮은 것일까?

문득 그런 생각이 들었다. 하지만 윗사람들도 다 생각이 있었기 때문에 그렇게 했을 것이다.

일주일이 지나자 슬슬 무료해지기 시작했다. 아무런 생각 없이 낚시만 했고 졸리면 잠을 잤다. 아무런 걱정도 없었고 아무런 할 일도 없었다. 술을 좋아하는 것도 아니었고 그렇다고 여자를 좋아하는 성격도 아니었기 때문에 시간을 보내는 방법조차도 다채롭지 못하였다.

쓸데없이 쓰는 일도 없었기에 돈은 모일 수밖에 없었다. 운소명은 허름한 방 안에 들어와 덩그러니 놓여 있는 가죽 자루를 열었다. 안에는 여러 가지 물건과 함께 금은이 가득 들어 있었다. 그 양이 상당하여 웬만한 장원 한 채는 사고도 남을 금액이었다. 하지만 돈에는 관심이 없는 운소명이었다. 금은 사이로 작은 책을 꺼내 든 운소명은 천천히 읽기 시작했다. 책의 겉표지에는 흐릿하게 네 글자가 쓰여 있었다.

양심신공(兩心神功).

운소명은 편하게 벽에 기대앉아 비급을 읽어가며 생각에 잠기기 시작했다. 이렇게 허름한 집에, 그것도 너덜너덜한 가죽 자루 안에 저리 많은 돈과 꿈에도 상상하지 못할 비급이 들어 있을 줄 누가 상상이나 했으랴. 일반인은 돈을 보면 환장할 것이고, 무인이 비급을 본다면 수단과 방법을 가리지 않고 달려들 것이다.

쉴 만큼 쉬었으니 이제 무공을 수련할 생각이었다. 운소명에게 무공 수련만큼 시간이 잘 가는 방법도 없었다.

운소명이 지금까지 익힌 수많은 무공 중 유일하게 대성하지 못한 무공이 양심신공이었다. 그 외의 대성한 것들은 모두 불에 태워 흔적조차 없애 버렸다. 오직 이것만 남은 것이다.

이제 이것만 대성한다면 자신의 생각처럼 두 가지의 무공을 한꺼번에 펼칠 수 있을 것이며, 앞으로 살아남을 확률이 더욱 높아질 것이다. 그렇기 때문에 아직까지 양심신공을 태우지 못하고 익히는 중이었다. 물론 구결은 모두 외우고 있었다. 하지만 비급에는 구결과 함께 그림까지 그려져 있기 때문에 대성하지 못한 이상 없앨 수가 없었다.

"흠……."

운소명은 곧 자리에 앉아 운기조식을 하기 시작했다. 곧 그의 손이 좌우로 따로 원을 그리기 시작했다. 그러자 그의 몸이 허공중에 떠올랐으며, 우장이 하늘인 천(天)을 향했고, 좌장이 땅인 바닥을 향해 뻗었다. 곧 뿌연 운무가 방 안을 가득 메우기 시작했다.

밤하늘에 피어난 꽃처럼 별은 밝게 빛나고 있었다. 허름한 집에서 걸어나온 운소명은 고개를 들어 은하수를 쳐다보았다. 그런 그의 손에 비급이 들려 있었는데 보름 전에 펼쳐 읽은 책이었다.

화르륵!

그의 손안에서 불꽃이 피어나더니 비급이 순식간에 검은 재로 변하였다. 그 모습을 무인이 본다면 대성통곡할 것이 분명했다. 하지만 운소명은 미련없다는 듯 다 태웠다. 검은 재가 되어 바람을 타고 어둠 속으로 사라지자 운소명의 입가에 미소가 걸렸다.

　　＊　　　　＊　　　　＊

　중원무림의 중심이라면 단연 무림맹이었고, 무림맹은 곧 무림의 상징이자 힘이었다. 수많은 무림문파들이 무림맹에 소속되어 있었으며 무림맹의 작은 직책이라도 무림에서 차지하는 비중은 지대했다.

　무림맹은 권력의 상징이자 무림의 지배자를 뜻하는 곳이었으며 그곳의 맹주는 곧 무림의 신이라고 불렸다.

　무림맹이 만들어진 지 이백 년이 지난 지금도 무림맹은 여전히 무림을 지배하며 그 권력을 유지하고 있었다. 무림맹이 이토록 오랜 세월 동안 권력과 힘의 상징으로 무림의 중심이 될 수 있었던 이유는 아직도 백화성이 존재한다는 것과 창천궁이 점점 세력을 넓히고 있다는 이유 때문이었다.

　백화성과 창천궁은 친척이라면 친척이라 할 수 있었다. 이백 년 전 구대신마 중 칠 인이 죽고 두 명이 살아남았는데 그중 한 명이 백화성을 만들었으며 다른 한 명이 창천궁을 만들었기 때문이다. 중원은 구대신마와의 싸움으로 무림맹을 만들었으며 그 결집된 힘으로 그들을 몰아낼 수가 있었다.

　하지만 백화성까지 갈 수는 없었다. 중원무림 역시 엄청난 피해를 입어 그들을 견제할 수밖에 없었다. 그리고 지금과 같은 강호가 이백 년 동안 계속 유지되고 있는 것이었다.

　무림맹의 가장 좌측엔 무림관이 건설되어 있었다. 무림관은 무림의 젊은 영재들을 언제든지 받아들여 가르치고 수련할 수 있게 도와주는 장소였다.

　무림관과 무림맹의 사이엔 장서원이 있었는데, 수많은 책을 보관하고 무림관과 무림맹의 사람들에게 언제든지 대여해주는 곳이었다. 이곳은 중원무림에서 가장 큰 서가로, 삼만여 권의 책을 보관하고 있었다.

　장서원의 원주는 이제 스물세 살 된 문청청이었다. 그녀는 삼 년 전 스물이란 나이에 무림맹에 들어와 장서원주가 된 인재였다.

　무림맹에서 장서원은 아무런 힘이 없었으나 장서원의 중요성 때문에 장로원에 소속되어 있었다.

　장서원의 입구에 마련된 서가에 앉아 있는 문청청은 늘 책을 읽고 있는 여자였다. 그래서일까? 무림관에서 수련하는 젊은 인재들은 그녀를 책벌레라 불렀고, 같은 여자들 중에 질투심이 강한 여자들은 곰팡내 나는 여자라 불렀다. 그리고 대다수의 어른이나 사람들은 그녀를 만서향(萬書香)이라 불렀다. 만 가지 책 냄새를 낸다는 의미로, 그만큼 책을 좋아한다는 뜻이었다.

조금은 졸린 듯한 표정이 그녀의 특색이라면 특색이었다. 늘 책을 보기 때문에 눈을 반쯤 감고 있어 조는 것처럼 보일 수도 있었으나 그녀가 눈을 크게 뜨면 상당히 반짝이는 눈동자와 큰 눈을 볼 수 있을 것이다.

아무리 그녀가 책을 좋아한다지만 이 큰 장서원을 혼자서 관리할 수는 없었다. 그녀에겐 열 명의 수하가 있었고, 그들은 늘 장서원의 책을 관리하고 있었다.

"흠! 흠! 원주님."

작은 기침 소리와 함께 들려온 목소리에 문청청은 고개를 들었다. 입구 쪽에는 이십대 초반의 청년이 서 있었는데, 얼굴이 조금 길게 보이는 것이 특징이었다.

"왜 그래?"

문청청은 눈앞에 서 있는 청년, 마길을 향해 안색을 찌푸리며 물었다. 보통 대다수의 일을 마길이 맡아서 하기 때문이다. 자신은 그저 이곳에 앉아 책을 보는 게 할 일의 전부였다.

"남궁 소협이 찾아왔습니다."

"……?"

문청청은 그 말에 안색을 굳히며 자리에서 일어나 다탁으로 향했다. 남궁세가는 오대세가의 우두머리이자 현 강호에 막강한 영양력을 행사하는 가문이었기에 소홀히 대할 수 없었다.

“모셔라.”

문청청의 말에 마길은 곧 밖으로 나갔다.

얼마 지나지 않아 백색 비단 무복을 걸친 이십대 초반의 청년이 들어왔다. 그는 한눈에도 잘생겼다는 말이 절로 나올 만큼 빼어난 용모였고, 눈에 서린 은은한 신광이 절로 사람을 주눅 들게 만들었다. 그 옆에는 한눈에 보아도 절로 눈이 커질 것 같은 미인이 홍의를 입고 서 있었는데, 길게 늘어뜨린 검은 머리카락이 엉덩이를 가려주고 있었다.

“문 원주를 뵈오.”

백의청년 남궁진은 가볍게 포권하며 들어왔다. 아무리 자신이 남궁세가의 차남이라 해도 그녀는 장서원의 원주였다. 예의를 차리지 않으면 안 되는 상대였던 것이다.

그 옆에 서 있는 미인 역시 남궁진과 함께 인사하자 문청청의 눈동자가 한순간에 빛이 어리다 사라졌다.

“어서 오세요.”

자리를 안내한 문청청은 곧 그들과 함께 앉았다. 이내 마길이 기다렸다는 듯 달려와 차를 따라 주곤 밖으로 나갔다.

“제 여동생이오.”

“반가워요. 문청청이에요.”

“남궁옥이라 해요.”

남궁옥의 구슬 같은 목소리에 문청청은 일순간 질투심이

일어났다. 하지만 그런 감정도 잠시뿐, 그녀의 미소에 마치 마음속의 모든 것이 사라지는 것 같은 기분이 들었다. 그것은 곧 호감으로 바뀌었다.

'사대미인 중 한 명이라더니… 과연…….'

문청청은 강호사미에 관해 이야기는 들었어도 실제 보기는 처음이라 많이 놀라고 있었다. 그리고 왜 사대미인인지 알 것도 같았다.

"그런데 남궁 소협께서 굳이 저를 보자고 한 이유가 궁금하군요. 제게 특별한 볼일이라도 있는 건가요?"

"실은 무림고에 들어가고 싶어서 원주인 문 소저를 직접 찾은 것이오. 평소라면 마 형에게 부탁하면 그만이나 무림고는 원주인 문 소저의 안내를 받아야만 들어갈 수가 있는 곳이 아니오?"

그의 말에 문청청은 미소를 보였다. 남궁진의 말처럼 무림고는 무림서를 모아놓은 곳으로, 맹주와 삼원의 원주들에게 허락을 받아야만 들어갈 수가 있었다. 또한 들어가되 책을 가지고 나올 수도 없는 곳이었다. 들어가 있는 시간 역시 세 시진으로 한정된 곳이었으나 그곳의 책은 모두 무공서였기에 젊은 영재들은 그곳에 늘 들어가고 싶어했다. 자신의 무공 발전에 큰 도움이 될 책이 있을지 모르기 때문이었다.

"공자께선 이미 석 달 전에 들어가셨을 텐데요?"

문청청의 물음에 남궁진은 고개를 끄덕이며 말했다.

"오늘은 내가 들어가는 게 아니라 동생이 들어가려는 것이오."

곧 남궁진의 시선을 받은 남궁옥이 품에서 서찰을 꺼냈다. 서찰은 곧 문청청의 손으로 옮겨졌고, 문청청은 보름간 그녀에게 무림고를 열어주라는 맹주의 직인이 담긴 서찰의 내용을 볼 수 있었다. 문청청은 그 직인이 진짜인 것을 향기로 알 수 있었다. 맹주의 직인엔 맹주만이 쓰는 특별한 향기가 있었기 때문이다.

"보름이라……."

"요즘 수련을 하는데 무언가에 막힌 것 같은 기분이 들어서요. 때마침 무림고는 본 가의 무공뿐만이 아니라 다른 세가의 무공서도 있다는 말을 들었어요. 혹시… 다른 세가나 다른 문파의 무공을 보게 된다면 지금의 답답함이 풀릴지도 모르잖아요?"

그녀의 맑은 목소리에 문청청은 고개를 끄덕였다.

"분명 도움이 될 거예요. 하지만 큰 기대는 하지 마세요. 특별한 절학이라 불릴 만한 무공서는 없으니까요."

"예."

"가지요."

문청청은 곧 자리에서 일어섰다.

장서원의 안쪽으로는 넓은 회랑이 있었고, 좌우로 수많은 책이 마치 숲처럼 펼쳐져 있었다. 그 사이로 책을 정리하고 청소하는 일꾼들이 걸어가는 그들을 향해 인사를 해왔다.

문청청은 인사를 받으며 회랑의 끝에 도착하자 걸음을 멈췄다. 그곳은 벽이었고, 분명 아무것도 없었다. 하지만 남궁진은 한 번 와봤기에 이곳부터 기관이 있다는 것을 알고 있었다.

"남궁 소협은 이곳에서 기다리세요."

그녀의 말에 남궁진은 고개를 끄덕이며 서가를 둘러보기 시작했다.

문청청이 천장에서 내려온 끈을 잡아당기자 크르르! 하는 소리와 함께 벽의 끝에서 계단이 내려왔다. 계단을 밟고 올라가자 벽이 나타났고, 벽의 한쪽을 밀자 곧 비밀 방이 햇살을 받으며 그들의 눈앞에 나타났다. 그 안으로 들어간 문청청은 입구에 놓인 의자에 앉으며 손에 잡히는 대로 책 한 권을 꺼내 읽기 시작했다.

"마음껏 보세요. 시간은 정확히 세 시진이에요."

"고마워요."

남궁옥은 처음으로 접하는 신기한 무언가를 보는 듯 작은 비밀의 방에 놓인 많은 책들을 살펴보기 시작했다. 그때 문청청의 목소리가 들려왔다.

"사파의 무공이나 마도의 무공도 있으니 주의하세요. 그들의 무공은 기이하고 사이해서 사람의 정신을 파괴하는 경우도 있으니까요."

"네, 조심할게요."

남궁옥은 조심스럽게 책들을 살피기 시작하다 생각난 듯 신형을 돌려 문청청을 쳐다보았다.

"문 원주님께선 이곳의 책도 모두 읽으셨나요?"

그녀의 물음에 책에서 눈을 뗀 문청청이 고개를 들었다. 그러자 남궁옥이 미소와 함께 다시 물었다.

"늘 이곳에 계셨을 테니 무림고의 책도 모두 읽었을 것 같아서요."

"무공서는 그리 좋아하지 않아 읽지는 않았어요. 하지만 책의 위치는 알고 있지요. 찾는 책이라도 있으면 말씀하세요."

"아……."

남궁옥은 고개를 끄덕이며 책들을 살피기 시작했다. 그러다 마음에 드는 책을 발견한 듯 눈을 반짝였다. 곧 책을 펼치다 문청청이 뒤에 있다는 생각에 고개를 돌려 다시 물었다.

"그런데 계속 거기에 계셔야 하는 건가요?"

남궁옥의 물음에 문청청은 고개를 끄덕이며 말했다.

"규칙이라 어쩔 수가 없어요. 운기를 한다거나 무공서를
읽고 무공 수련을 하면 안 되거든요."

"그렇군요."

남궁옥은 살짝 실망한 표정이었다. 그녀의 말인즉, 이곳에
선 그저 책만 읽을 수 있다는 뜻이었기 때문이다.

드르륵!

기관이 움직이는 소리가 들리더니 곧 문이 열리고 마길이
얼굴을 내밀었다.

"원주님, 심심하실 테니 이거라도 드시면서 앉아 계십시
요."

마길은 곧 미소를 지어 보이며 다과와 차를 문청청의 옆에
놓인 작은 탁자 위에 올려놓았다.

"수고했어."

"그럼."

마길이 인사하며 문을 닫자 문청청은 다시 책을 읽기 시작
했다. 그녀의 손이 자연스럽게 찻잔 아래를 지나쳤으며, 책장
을 넘기는 순간 전서 하나가 책 위로 펼쳐졌다.

십삼호 사(死).

짧은 글귀를 읽은 문청청의 안색이 굳어졌다. 단 스무 명의

홍천원 중 한 명이 죽었기 때문이다.

'여우 같은 놈.'

문청청은 입술을 살짝 깨물었다. 누구에게 한 말일까? 그건 본인만이 알 것이다.

세 시진이 지나 남궁옥을 내보낸 문청청은 자신의 자리로 돌아와 앉았다. 그러자 마길이 다가와 말했다.

"정리를 끝냈습니다."

"문은 확실히 잠갔고?"

"물론입니다. 삼 년 동안 그 질문을 들으니 이제는 귀에 딱지가 붙겠습니다. 하하."

마길이 농담처럼 웃음을 보이자 문청청은 살짝 미소를 보였다.

"십삼호가 죽었어."

"……!"

순간 마길의 안색이 굳어졌다.

"하오문주는 역시 만만치 않은 녀석이야. 오랜만에 잡은 하오문주의 정보인데 놓치다니……. 이걸로 하오문주는 다시 지하로 들어가겠지."

문청청의 중얼거림에 마길은 의자에 앉았다.

"십삼호에겐 무리였을지도 모릅니다. 하오문주가 상대였

으니……."

마길은 안타까운 표정으로 중얼거렸다. 하지만 슬프다거나 하는 감정은 없어 보였다. 그들이 하는 일은 늘 살거나 죽거나 둘 중에 하나였기 때문이다.

"무리가 아니라고 판단했기에 십삼호를 보냈는데? 네 말은 꼭 나를 놀리는 것처럼 들리는구나."

그녀의 말에 순간 마길은 벌떡 일어나 부동자세로 고개를 세웠다.

"그… 그럴 리가 있겠습니까?"

마길의 이마에 식은땀이 맺히기 시작했다. 살기가 느껴졌기 때문이다. 그 모습에 문청청은 안색을 풀며 의자에 몸을 깊숙이 기대었다.

"앉아."

"예."

마길은 조심스럽게 의자에 앉았다. 스무 명 중 한 명을 잃은 것은 큰 손실이었기 때문에 기분이 좋을 리 없었다.

"어째 분위기가 영 심상치 않구먼."

"……!"

허공중에 작게 울린 목소리가 곧 사람의 형상으로 변하더니 마길의 눈앞으로 이십대 초반의 청년이 미소를 보이며 나타났다. 그는 마길을 슬쩍 보다 남은 의자에 앉았다.

"인사도 없이 앉다니."

마길이 안색을 굳히며 노려보자 청년이 아차 하는 표정으로 웃으며 일어나 가볍게 문청청에게 고개를 숙여 보였다.

"오랜만이오, 천주."

그렇게 말한 청년은 의자에 다시 앉았다.

"건방진 놈."

마길이 주먹을 쥐며 몸을 떨자 청년은 슬쩍 마길을 쳐다보았다.

"책 먼지만 털더니 이제는 위아래도 없나? 내 서열이 분명 너보다 위일 텐데?"

마길은 그 말에 안색을 굳히며 살기를 뿌리기 시작했다.

"그만."

문청청의 말에 둘은 입을 닫았다. 그러자 입술을 내민 마길이 투덜거리듯 말하며 의자에 앉았다.

"이호 앞에선 고양이 앞의 쥐 꼴처럼 구석에 찌그러져 있는 놈이."

"이게 미쳤나? 그 새끼도 내 손에 죽을 놈이야! 알아?"

"시끄러워."

문청청의 말에 둘은 순간적으로 강력한 살기를 느낀 듯 입을 닫았다.

"조동."

“……?”

“부르지도 않았는데…….”

조동은 그 말에 미소를 보이며 말했다.

“일을 끝냈으니까 왔지 왜 왔겠소?”

“복귀한 건가?”

“좀 전에 군사님께서 방 안에 들어가셨소. 지금쯤 코를 골며 자고 있을 거요. 아, 무림맹의 군사라는 작자가 밤에 잠을 자면서 거시기를 긁지 않나, 코를 골지 않나… 내참, 어이없어서.”

심드렁한 표정으로 중얼거린 조동은 새끼손가락으로 귀를 후비기 시작했다.

“다행이군, 별일 없었다니. 십삼호가 죽었다.”

“……!”

조동의 안색이 굳어졌다. 그러나 그것도 잠시뿐, 조동은 관심없다는 듯 팔베개를 하며 말했다.

“약한 놈은 죽는 법이지. 너도 조심해라, 언제 죽을지 모르니.”

“뭐?”

마길이 안색을 굳히며 벌떡 일어서자 조동은 냉소를 지으며 비웃듯 말했다.

“네 다리만큼은 천하에서 가장 빠르니 죽을 걱정은 없겠군. 불리하면 뛰면 되잖아? 후후.”

“내 다리가 빠른 건 인정하는군.”

“그것 빼면 아무것도 없으니 그거라도 인정해 줘야지. 안 그럼 너무 불쌍하잖아?”

“이 자식이!”

마길이 다시 한 번 주먹을 쥐었다.

“그만하고.”

마길은 문청청의 말에 의자에 앉았다. 분한 마음이 가라앉지 않은 듯 어깨를 미미하게 떨고 있었다.

“받아.”

휙!

문청청은 조동에게 작은 주머니를 던져 주었다. 조동은 그게 돈이라는 것을 잘 알기에 만면에 환한 웃음꽃을 피웠다.

“하오문이 관리하는 홍루엔 가지 말고.”

“잘 알겠소.”

“며칠 푹 쉬어. 행동에 조심하고. 하오문의 감시가 강화되었으니까.”

“여부가 있겠습니까. 후후.”

쉭!

순간 조동의 신형이 바람처럼 사라졌다. 그가 사라지자 마길이 투덜거렸다.

“어떻게 저런 호색한 놈이 내 위에 있는지 모르겠단 말이야.”

“무공이 결정했지.”

문청청은 가볍게 미소 지었다. 그 말에 인정하기 싫다는 표정으로 마길은 고개를 마구 저었다. 그러자 문청청이 다시 말했다.

“사형과 이호에게 연락해서 복귀하라 하고.”

“알겠습니다.”

마길은 대답했으나 안색은 밝지 못했다. 천주가 유일하게 사형이라 부르는 사람은 홍천에서 단 한 명, 일호뿐이었다. 무표정한 이호는 왠지 모르게 거북한 상대였기에 안색을 굳힌 것이다.

지금 사라진 조동은 오호였다. 그의 서열도 대단하지만 그래도 인간적인 면이 있어 보이는 녀석이었다. 그렇기 때문에 티격태격하며 싸울 수도 있었다. 하지만 일호와 이호는 전혀 다른 사람이었다. 특히 이호인 무면객은 보는 것만으로도 오싹한 기분이 드는 인물이었다.

第三章

책 속에 꽃이 피었구나

　어두운 실내로 걸어 들어온 중년인은 안색이 그리 밝지 않
았다. 어젯밤 갑작스러운 습격에 잠을 설쳤기 때문이다.

"이자인가?"

　안으로 들어온 중년인은 시신을 쳐다보며 물었고, 그의 옆
에 어느새 한 명의 중년인이 나타나 허리를 숙이며 대답했
다.

"그렇습니다."

"살수라……."

"그의 품을 뒤져 보았으나 증거가 될 만한 물건은 없었습

니다. 은자 몇 개뿐……."

중년인은 그 말에 미소를 보였다.

"그게 내 목숨 값은 아닐 테고… 어디의 누구인지 파악했
나?"

"예. 악양에서 포목점을 운영하는 길삼이란 녀석이옵니
다."

"포목점을 운영하는 놈이 살수라……."

중년인은 안색을 찌푸리며 이내 신형을 돌렸다.

"내부에 첩자가 있을지 모르니 조사해 보게."

"예."

중년인은 밖으로 걸어나가며 수염을 쓰다듬었다.

'살수라…….'

문득 그의 입가에 미소가 걸렸다. 오랜만에 활기가 도는 사
건이 생겼기 때문이다. 문득 즐겁다는 생각이 들었다. 요 몇
년 동안 매일같이 반복되던 일상에서 당분간은 벗어날 수가
있었기 때문이다.

'배후가 누구인지 궁금하군. 감히 어둠의 황제라 불리는
내게 검을 들이댈 줄이야. 후후.'

중년인은 다시 한 번 수염을 쓰다듬었다.

"아! 그리고 어디라도 좋으니 내 정보를 흘리게. 십대세력
정도면 딱 좋을 것 같군. 그들 중 분명 한 곳일 테니까."

“그렇게 하겠습니다.”

대답 소리에 중년인은 만족한 표정을 보이며 걸음을 옮겼다.

*   *   *

장서원으로 복귀한 지 삼 일이 지났다. 그동안 운소명은 마당을 쓰는 게 다였고, 그의 할 일 자체가 이곳에서 마당을 쓰는 일이었다.

무림맹의 무사들이나 무림관의 젊은 후기지수들도 장서원의 마당을 쓰는 운소명의 존재에 대해 큰 관심이 없었다. 마주칠 일도 없고 장서원으로 가는 길에 가끔 그들의 눈에 마당을 쓰는 운소명이 보일 뿐, 그 이상은 없었기 때문이다.

“어이구, 허리야.”

마당을 쓸다 허리를 펴고 등을 몇 번 두드리던 운소명은 은행나무 사이에 놓인 작은 돌 의자에 앉았다. 잠시 휴식을 취하기 위해서 앉은 것이다.

“좋겠다.”

운소명은 문청청을 떠올리며 중얼거렸다. 외부적으로 문청청은 장서원주였기에 이렇게 비질을 하는 일은 없었기 때문이다.

잠시 그렇게 휴식을 취하고 다시 일어서서 비질을 하려 하자 사람들이 이동하는 모습이 보였다. 고개를 들어보니 해가 중천에 떠올라 있었다.

"식사 시간인가?"

운소명은 빗자루를 내려놓고 일꾼들이 사용하는 식당으로 향했다. 식당은 무림관의 뒤편에 있었는데 그곳은 무림관과 장서원에서 일을 하는 일꾼들이 밥을 먹는 곳으로, 음식은 그럭저럭 먹을 만했다.

막 장서원을 벗어나 길을 걷던 운소명은 잠시 걸음을 멈췄다. 조금 떨어진 곳에서 걸어오는 다섯 명의 여인 때문이었다. 그녀들은 무엇이 그리 좋은지 웃음과 함께 재잘거리고 있었다. 운소명은 그녀들 중 가장 중앙에 서 있는 남궁옥을 쳐다보았다.

하지만 그것도 잠시, 그녀들이 다가오자 고개를 숙였다. 그리고 코를 맑게 해주는 향기와 함께 멀어지는 그녀들의 모습을 쳐다보다 곧 발걸음을 옮겼다.

"처음 보는 얼굴이네?"

걸음을 옮기던 운소명은 옆에서 들려온 목소리에 고개를 돌렸다. 그곳엔 십대 후반으로 보이는 두 소녀가 서 있었다. 둘 모두 입고 있는 옷은 남궁세가의 것이었고, 한눈에 보아도 무림관에 들어온 남궁옥의 시비들로 보였다.

무림관은 명문세가의 자제들이 오는 곳이기 때문에 남자나 여자나 시비들을 대동할 수가 있었다. 그 수는 다섯 명을 넘지 못했으며 다섯 명 안쪽으로는 몇 명을 데려와도 상관없었다.

그녀들의 눈에 은은한 신광이 서린 것으로 보아 어느 정도 무공 수련도 한 것처럼 보였다.

"장서원에서 일하고 있는 장명이라 합니다."

운소명의 인사에 그녀들은 장서원이란 말에 인사했다.

"아, 장서원에서 일을 하시는군요?"

"죄송해요. 여기에서 일하는 사람인 줄 알았어요. 저는 산산이라 하고, 이쪽은 동생인 영영이에요."

두 소녀는 장서원에서 일을 한다는 말에 정중히 운소명을 대했다. 장서원에서 일을 한다는 것은 곧 장서원주의 사람이란 뜻이 되었다. 아무리 잡일을 하는 사람이라 해도 장서원주의 사람이다. 함부로 대한다면 장서원주가 좋아할 리 없을 것이다.

"그저 비질만 하는 사람이니 예의를 차릴 필요는 없습니다."

정중한 운소명의 말에 두 소녀의 눈동자에 신광이 스치고 지나쳤다. 하지만 그 짧은 찰나의 신광을 운소명이 놓칠 리 없었다.

“비질을 하는 사람치곤 예의가 있는 분이군요?”

“이곳에서 오래 지내다 보니 자연스럽게 배우게 되었습니다.”

운소명의 대답에 산산은 고개를 끄덕였다. 그녀들은 이곳이 무림맹이라는 사실을 다시 한 번 상기했다.

“저희는 남궁세가의 시비들이에요. 가끔 장서원에 심부름으로 가게 되면 알은척이라도 해주세요.”

그렇게 말한 산산이 미소를 보였다.

“예.”

운소명은 곧 신형을 돌렸다. 오래 이야기를 나눠봐야 좋을 게 없다고 생각했기 때문이다. 단지 자신의 생각과 다른 것은 그녀들이 남궁진의 시비들이란 점이었다.

‘시비 겸 호위인가?’

운소명은 식당으로 걸어가며 그녀들의 무공이 상당하다는 것에 주목했다. 하지만 그러한 생각도 곧 접어버렸다. 남궁진의 시비라면 아무나 뽑지 않았을 것이 분명했기 때문이다. 차기 세가주에 가장 유력한 인물이 아닌가? 현 세가주의 차남인 그는 분명 강남 최고의 후기지수였다.

식당으로 들어서자 많은 일꾼들이 식사를 하고 있었다. 할 일이 많은 사람들은 급하게 밥을·먹고 나갔으며 조금 여유있는 사람들은 천천히 식사를 했다. 운소명도 여유있는 사람 중

한 명이기에 천천히 식사를 하고 있었다.

운소명은 식사를 하는 중에도 사람들의 말소리와 그들의 얼굴을 전부 기억하려고 하였다. 특히 그가 신경 쓰는 인물은 무림관에서 정원사로 일하는 장위라는 인물이었다. 무림관과 왕래할 일도 없고 그저 식당을 제외하면 마주칠 일도 없기에 그와는 대화 한 번 나눈 적이 없었다. 하지만 그가 풍운각 예하 은영대의 대원이란 사실을 알기에 신경 쓰고 있었던 것이다. 그는 무림관을 감시하는 목적으로 정원사를 하고 있었다.

"오늘 막 소저와 팽 소저가 싸울 뻔했다네. 뭐, 자세히는 못 들었으나 치마 색이 같다는 이유로 싸우려 한 것 같은데, 우습지 않나?"

"하하! 그거 재미있구먼. 그런데 싸울 뻔했다니? 보통 막 소저의 성격이라면 바로 싸울 텐데?"

"마침 옆에 이 소저가 있어서 말렸다더군."

얼마 떨어지지 않은 곳에서 들려온 목소리에 운소명은 실없이 미소를 보이다 곧 자리에서 일어섰다. 젊은 사람들이 많이 모이다 보니 하루에도 몇 번의 감정싸움이 생기는 곳이었다. 그러다 싸움이 일어나면 무림관주의 승인하에 비무를 하는 경우가 종종 있었다. 비무가 시작되면 물론 수많은 사람들이 무림관의 연무장으로 모여들었다. 싸움 구경만큼 재미있는 게 없기 때문이다.

'막조희와 팽수련, 그리고 이자수인가.'

운소명은 걸음을 옮기며 그들 삼녀도 무림관에 있다는 것을 파악했다. 자신이 잠시 출타한 두 달 사이에 꽤 많은 인물이 무림관에 들어온 것 같았다.

슥! 슥!

다시 비질을 시작했다. 자신이 지나온 자리에 깨끗함이 남아 있자 왠지 모를 만족감이 들었다. 하지만 그 위를 걸어오는 발자국에 운소명은 안색을 찌푸렸다. 잠시지만 그래도 비질한 그 결의 깨끗함을 감상하고 싶었기 때문이다.

"잘하고 있네?"

맑은 목소리와 함께 문청청과 마길이 지나치자 운소명은 가볍게 인사하며 고개를 숙였다.

[해시에 봐요.]

귓가로 전음성이 들렸으나 운소명은 애써 무시하며 자신의 할 일을 계속하였다.

밤이 되자 무림맹은 고요함에 잠겼으며 여기저기 타오르는 불빛만이 어둠 속에서 작은 공간을 밝게 비춰주고 있었다.

문청청은 해시가 다가오자 호롱불을 껐다. 완전한 어둠이 방 안을 삼키며 그저 달빛만이 창을 통해 들어와 희미한 빛을 만들었다.

스륵!

바람 소리일까? 문청청은 유령처럼 들어와 의자에 앉아 있는 운소명을 쳐다보며 미소 지었다.

"제가 그동안 바빠서 대화 한번 제대로 못했네요."

운소명은 가볍게 미소를 보였다.

"많이 바쁜가 보네?"

"그래요. 요즘 들어 하오문의 감시가 심해지고 있거든요. 본 맹을 감시하는 하오문도 중 두 명이 오늘 밤에 죽을 거예요. 아마 무림관에선 장위가 움직이겠죠."

"하오문 따위가 잘도 들어오는군."

"사람을 뽑을 때 그 사람의 내면까지 볼 수는 없잖아요. 이 사람이 하오문의 사람인지 아니면 정말 우리 무림맹에서 일을 하고 싶어하는 사람인지. 아무리 추천하는 인물이 있다 해도 알 수는 없어요. 더욱이 요즘은 돈으로 신분까지 바꿀 수 있어요."

문청청의 말에 운소명은 그저 가벼운 미소만 지어 보였다. 운소명의 특징이 있다면 바로 이 조금 쓸쓸해 보이는 미소일 것이다. 문청청은 그가 언제나 미소 짓고 있다는 것을 알고 있었다. 그리고 미소가 사라지는 일 또한 거의 없다는 것도.

“사형은 여전히 소풍자(笑風子)라 부르는 게 좋을 것 같군
요.”

“훗!”

운소명은 가볍게 웃음을 흘렸다. 자신을 소풍자라 부르는
사람이 있다면 천하에 단 한 명, 문청청뿐일 것이다. 과거 이
년 동안 함께 수련할 때 시도 때도 없이 웃는다고 그녀가 붙
여준 별호였기 때문이다. 어차피 이름이나 별호가 중요하지
않았기에 크게 신경 쓰지 않았다. 약간의 침묵이 흐르자 운소
명은 무언가 생각난 듯 물었다.

“아까 낮에 보니 남궁 소저가 무고에 들어가는 것 같던
데?”

말을 걸어준 게 기분 좋아서일까? 문청청의 표정이 밝아졌
다.

“며칠 전부터 무림관에 들어와서 수련 중이에요. 다른 세
가나 문파의 사람들과 친분도 쌓을 겸해서요. 마침 오봉 중
세 명이 들어와 있어요.”

“막 소저와 팽 소저, 그리고 이 소저인가?”

운소명의 물음에 문청청은 눈을 크게 떴다.

“어떻게 아세요? 말도 안 했는데.”

“오늘 낮에 밥 먹다가 들었어. 막 소저와 팽 소저가 싸울
뻔했다고.”

문청청은 고개를 끄덕이며 미소 지었다.

"막 소저의 성격에 좀 문제가 있죠."

"안하무인이라 하더군. 후후… 그것만 아니면 흑봉이라 불리지도 않을 텐데……."

"성격만 아니었으면 강호엔 사대미인이 아니라 오대미인이 있었을걸요. 막 소저의 미모야 누구도 인정하잖아요."

그렇게 말한 문청청은 살짝 목소리를 죽이며 다시 말했다.

"그런데 의외로 인기가 많아요. 호호."

그 말에 운소명은 눈을 크게 떴다. 성격이 그렇게 나쁜데도 인기가 많다는 말 때문이었다.

"무림관에서 꽤 인기 많은 여자예요. 성격이 나쁜 게 매력이라나? 저기 마길도 막 소저를 좋아하고 있을걸요? 함부로 말하는 그 말투나 행동이 너무 예쁘대요."

"별 미친……."

"풋!"

운소명의 말에 문청청이 소리 죽여 웃기 시작했다. 하지만 문밖에 서 있는 마길은 얼굴을 붉힌 채 몸을 떨 뿐이었다. 그는 차마 안으로 들어갈 수 없기에 밖에서 대기하고 있었던 것이다. 물론 안에 있는 문청청이나 운소명은 마길의 존재를 알고 들으라고 한 소리였다.

“취향에 문제가 좀 있군.”

운소명의 말에 다시 한 번 문청청은 소리 죽여 웃었다. 그러다 운소명을 쳐다보며 물었다.

“그러는 사형은 좋아하는 사람 있어요?”

“우리 같은 사람에게 그런 감정이 필요할까?”

운소명은 그렇게 말하며 씁쓸한 미소를 보였다. 그러자 실망한 듯 문청청이 말했다.

“왜요? 우리도 사람이에요. 사형도 분명 사람이라고 인정했잖아요? 사람인데 당연한 것 아니에요? 누굴 좋아한다는 건 나쁜 게 아니에요.”

그녀의 말에 운소명은 차를 마시며 미소를 지어 보였다. 곧 찻잔을 내린 운소명은 주변의 공기를 차단시켰다. 그 기운에 문청청은 짧게 숨을 내쉬었다. 한담이 끝났기 때문이다. 평소 이렇게 마주 앉아 대화하는 일이 거의 없기 때문에 더욱 아쉬웠다. 평범한 사형제라면 몇 번이고 만나고 싶을 때 만날 수 있지만 자신들은 그런 관계가 될 수는 없었다.

“왜 불렀어?”

운소명의 물음에 문청청이 정색하며 말했다.

“하오문주의 행방이 잡혔어요.”

“얼마 전에 십삼호가 죽었다면서? 위협을 느끼고 사라질 줄 알았는데… 오히려 나타났다……. 함정이군.”

운소명의 말에 문청청은 고개를 끄덕였다. 그녀 역시 함정이란 것을 잘 알기 때문이었다.

"풍운각주와 상의를 좀 했어요. 정보를 모으는 쪽은 그들이니까요. 그리고 내린 결론이 그 함정이라도 이용해 보자는 거예요. 하오문주를 잡을 수 있는 기회는 그리 많지 않아요. 비록 그게 뜬소문이고 거짓 정보라 해도요."

운소명은 고개를 끄덕였다. 하오문은 점조직에 방대한 정보망을 가지고 있는 사파였으며 무림맹에겐 늘상 골칫거리였다. 무림맹의 정보를 백화성과 창천궁에 팔기 때문이었다. 무림맹은 개방이란 방대한 조직의 정보망과 밀영대와 은영대라는 치밀한 조직을 갖추고 있었지만 하오문의 정보력 역시 그에 못지않을 만큼 대단했다.

"그래서?"

"십삼호도 죽일 수 있는 능력을 가진 곳이에요. 거기다 마침 시기도 좋아요. 사형이 백화성을 한껏 흔들었기에 백화성이 움직였거든요."

"그래?"

문청청은 고개를 끄덕이며 다시 말했다.

"어제 들어온 정보예요. 흑련회가 멸문했다고 해요. 그 원흉은 백화성이 확실하고요. 흑련회는 사형도 잘 알다시피 살수 조직이에요, 그것도 백 년의 역사를 가진. 그런 흑련회를 개미 새끼 한 마리 남기지 않고 모두 죽일 수 있는 곳은 현 천하에 백화성과 저희 무림맹뿐이에요."

운소명은 슬쩍 미소를 보였다. 자기 혼자만 보내도 흑련회를 몰살시킬 수가 있었기 때문이다. 그건 자신감이 아니라 사실이었다.

"더욱이 백화성의 백문원주가 바뀌었다는 소문과 전 백문원주가 살수에게 죽었다는 소문도 흑련회의 멸문과 함께 퍼져 나가고 있어요."

"백화성의 바뀐 원주는?"

"사형이 죽인 곡현의 딸… 곡비연이란 여자예요."

"곡비연?"

운소명은 처음 들어보는 이름이라 고개를 갸웃거렸다. 전혀 예상치 못한 인선 변경 때문이었다. 자신의 예상이 맞는다면 대영각의 각주인 한수나 정보각의 각주인 문소월이 되어야 했기 때문이다.

"올해 스물세 살이에요. 소문으론 사대미인에 견주어도 될 만큼 빼어난 미모를 지닌 여자예요. 어쩌면 그녀로 인해 사미가 아니라 오미로 바뀔지도 몰라요."

"곡비연에 대한 것은 그게 다인가?"

"네, 그게 다예요. 어느 정도 능력이 있는지 아직은 파악할 수 없잖아요? 이제 막 원주가 된 인물이니까요."

“그렇겠지. 그렇지만 경계는 해야지?”

“물론이에요. 백화성주가 미치지 않고서야 나이 어린 그녀를 원주로 앉혔겠어요? 이번 흑련회의 멸문도 그녀가 명령을 내린 게 아닌가 해요.”

운소명은 가벼운 미소와 함께 고개를 끄덕였다. 그러자 문청청이 눈동자를 반짝이며 빠르게 말했다.

“사형도 몸조리를 좀 잘해야 할 것 같아요. 곡현을 죽인 장본인이 사형이니까요. 아버지의 원수인 사형을 그대로 두겠어요?”

“새겨두지.”

느긋한 표정으로 대답하자 문청청은 안색을 바꾸며 천천히 말을 이었다.

“일단 그 이야기는 이쯤에서 그만두기로 하죠. 지금 문제는 하오문주니까요.”

“그렇지.”

“하오문주에 대한 모든 것은 나가면 마길이 줄 거예요.”

“십삼호가 죽기 전의 정보라면 쓸모없는 게 많을 텐데?”

“그 정도는 잘 알고 있어요. 그 이후의 정보를 간단하게 추렸어요.”

문청청은 미소를 지어 보였다. 이미 모든 준비를 끝냈다는 미소였다. 운소명은 고개를 끄덕이며 일어섰다. 그러자 문청청이 다시 말했다.

"상대는 하오문주예요. 십삼호도 죽었고요. 우리로선 사형밖에 생각할 수가 없었어요. 함정임을 알면서도 들어가서 살아 나올 수 있는 사람은 사형밖에 없으니까요. 물론 오 할의 성공도 기대하고 있어요."

오 할이면 엄청난 수치였다.

그만큼 운소명을 믿고 있다는 증거였다.

"무면도 있잖아?"

"이호는 흔적이 남아요."

문청청의 말에 운소명은 그저 가볍게 미소를 그릴 뿐이었다.

"끝나는 대로 복귀하세요. 기한은 없어요."

"그렇게 하지."

운소명은 대답하며 천천히 밖으로 나갔다. 문을 열자 마길이 작은 짐을 하나 들고 서 있었다. 마길은 굳은 표정으로 운소명을 쳐다보다 곧 고개를 숙였다. 눈을 마주치는 게 겁이 났기 때문이다.

"수고."

짐을 받아 쥔 운소명은 곧 유령처럼 사라졌다. 마길은 고개를 들어 사방을 살폈다. 인기척을 느끼기 위해서였으나 어디에도 운소명의 인기척은 없었다.

"이번에는 시간을 끌었으면 좋겠는데……."

문청청은 안색을 찌푸리며 중얼거렸다. 만약 하오문주를 죽이고 돌아오는 기간이 짧다면 위에서 더욱 크게 경각심을 가질 것이다. 아무래도 요즘 들어 윗사람들의 공기가 조금 차갑다는 느낌이 들었다. 그건 여자의 감이었다.

*　　*　　*

무림맹이 만든 수많은 무공 중 하나인 암도술(暗道術)은 그 뿌리가 고금제일인이라 불리던 무적천자(無敵天子) 이세양의 무공에 그 근원을 두었다.

이세양에겐 아홉 명의 제자가 있었는데 그들이 후에 구마라 불리며 무림맹이 만들어진 원인이 되었다. 그런데 왜 암도술이 무림맹과 적대하던 무적천자의 무공에 근원을 둔 것일까? 무림맹은 그들을 죽이면서 그들의 무공 비서를 얻은 것이다.

무림맹은 비밀리에 몇몇 선택받은 고수만을 선별해 그들의 무공을 연구하였고, 홍천을 통해 그 무공의 힘을 시험하고 있었다. 그중 하나가 바로 암도술이다.

암도술은 은신술과 잠행술을 복합적으로 펼칠 수 있는 무공으로, 그 완성도가 너무나 뛰어나 지금까지 수많은 무림의

고수들이 암도술을 펼치는 홍천의 무인들에게 목숨을 잃었
다.

스슥!

암도술은 어디까지나 그림자와 그림자를 넘어가는 잠행술
이었다. 은신할 때는 좀 더 다른 방법이 있었으나 이동할 때
는 달빛이 닿지 않는 어둠의 그림자를 이용해야 했다.

'오랜만에 펼치려니 힘들군.'

운소명은 기둥의 그림자에 숨은 채 숨을 죽이고 있었다. 생
각해 보니 암도술을 대성한 문청청과 십성에 가까운 오의를
보이는 마길은 외부의 일을 거의 안 하는 것 같았다. 오히려
그들이 이런 일을 해야 하는 게 아닐까. 문득 그런 생각이 들
었으나 문청청은 관리가 어울렸고, 마길은 심부름꾼으로 어
울리는 인물이었다.

'다른 건 모르겠는데 유독 이 암도술만은 익히기 곤란하
군. 성격 탓인가?'

문득 든 생각이었다. 지금까지 꽤 많은 무공을 익혔으며 그
중의 대다수는 대성하였다. 그런 자신이 대성하지 못한 무공
중 하나가 암도술이었다. 다른 사람들은 쉽다고 하나 자신에
겐 조금 난해한 무공이었다.

스슥!

발걸음 소리가 십 장 거리에서 들려오자 운소명은 숨조차

쉬지 않은 채 어둠 속에 완전히 잠겼다.

촤륵!

그 순간 주렴을 헤치고 한 명의 미부가 방 안으로 들어왔다. 그녀는 화려한 궁장의를 입고 있었으며 표정은 조금 굳어 있었다. 그녀의 뒤로 한 명의 중년인이 걸어 들어왔다.

"문주님의 존안을 못 뵌 지 벌써 일 년이 넘었군요."

중년미부가 의자에 앉으며 말하자 중년인이 맞은편에 앉으며 대답했다.

"저 역시 반년이 되었소이다."

"문에 큰 문제가 있었다고 들었는데……."

"살수 말이오?"

중년미부가 고개를 끄덕이자 중년인은 차갑게 미소를 그리며 말했다.

"천하제일의 살수 조직이 본 문에 존재하는데 살수라……. 우습지 않소? 본 문에 소속되지 않은 절정의 살수가 어떻게 문주님을 알고 찾아왔는지 말이오."

"절정이라면……?"

"듣기론 우리 살명회의 특급 살수와 비교해도 될 수준이라 하였소. 그자의 손에 십이무장이 전멸했고, 삼십이사(三十二士) 중 열다섯 명이 죽었소."

중년인의 설명에 중년미부는 입을 다물지 못한 채 눈을 크

게 떴다. 십이무장이라면 하오문에서도 최고의 젊은 무인들
만 모은 게 아니던가. 그들을 키우기 위해 하오문에서 얼마나
많은 노력을 했던가. 그런데 미래를 맡길 젊은이들이 모두 죽
은 것이다.

거기다 삼십이사의 절반 이상이 죽었다는 말 역시 믿지 못
할 이야기였다. 명문문파에 비교되어도 손색이 없을 만큼 대
단한 무인들이기 때문이다. 그들 서른두 명이면 웬만한 문파
는 초토화될 것이다. 그런데 단 한 명의 살수가 그들 절반을
죽인 것이다.

"살수가 아니라 절정의 무인이군요."

중년미부가 굳은 표정으로 중얼거리자 중년인은 고개를
끄덕였다.

"절정의 무인과 비교되어도 될 만한 무공 실력에 본 살명
회의 특급 살수에 버금가는 은밀함까지 지닌 인물이었다 하
오. 현 강호에서 그런 녀석을 키울 수가 있는 곳은 단 세 곳뿐
이오."

"백화성과 무림맹, 그리고 창천궁."

"그들 삼대거파 중 하나가 분명하오. 좌사의 의견은 좀 다
르지만 내 생각은 그들 삼대세력이 분명하외다."

중년인의 말에 중년미부가 신중한 표정으로 다시 말했다.

"이상하군요. 그들 삼대세력은 본 문과 공존할 수밖에 없

는 입장이에요. 암암리에 본 문의 문주님을 인정해 주었던 곳인데… 갑작스럽게 문주님께 살수를 보내다니요.”

“우리 같은 사람들이 무엇을 알겠소? 그저 우사와 좌사의 심부름만 잘하면 되는 것을. 조만간 좌사 어른께서 오신다고 하였으니 궁금한 건 그때 물어보기로 합시다. 지금은 백화성의 동태를 파악하는 게 우선이오.”

“물론이죠. 하지만 회주도 조심해야 할 거예요. 흑련회가 단 하룻밤 사이에 멸문하였어요, 그것도 단 세 명의 고수에게.”

“음…….”

하오문의 육대회주 중 한 명이자 중원 최대의 살수 조직인 살명회의 회주인 사도정은 흑련회의 말에 안색을 찌푸릴 수밖에 없었다. 흑련회는 자신의 살명회와 비교되던 곳이 아니었던가?

“안 그래도 총단을 옮겼소이다, 조금 떨어진 백룡곡으로 말이오.”

“잘하셨어요.”

중년미부의 말이 계속 이어졌고, 사도정의 목소리도 끝없이 이어지고 있었다.

천장의 한쪽 구석에서 그들의 목소리를 모두 듣고 있던 운소명은 안색을 찌푸렸다. 이렇다 할 중요한 정보가 더 이상

나오지 않았기 때문이다. 하오문의 좌사가 온다는 정보만이 유일하게 남는 정보였다.

'살명회의 회주와 무천회의 회주가 문주에 대해서 아는 게 고작 이 정도란 말인가? 육대회주의 직위라면 적어도 하오문 내에서도 서열 삼위에 해당할 터인데……'

운소명은 문득 기한이 없다는 말이 나올 만하다고 여겼다. 육대회주의 직위에서도 하오문주의 위치를 모르는 현실 때문이다.

"그럼 밤도 늦었으니 이만 가보겠소."

"조심히 들어가세요."

원가경의 목소리가 끝나는 순간 바람 소리와 함께 사도정의 모습이 사라졌다. 그가 완전히 사라지자 원가경은 침의로 갈아입었다. 속이 다 비치는 옷을 입은 원가경은 곧 의자에 깊숙이 몸을 기대더니 아편을 피우기 시작했다.

"후우!"

길게 뿜어져 나오는 연기가 방 안을 가득 메우기 시작했다.

'중원 최대의 아편 장사를 하는 여자답군.'

무천회는 도박장을 운영하면서 아편 거래를 하고 있는 곳이었다. 무천회주가 아편을 안 피운다는 게 오히려 이상한 일일 것이다.

"쓸모없는 새끼, 문주의 위치를 알고 있을 거라 여겼거

늘······.”

그녀는 사도정을 향해 중얼거리며 곧 탁자 위에 작은 종이를 한 장 꺼내놓고 붓을 들었다.

“청명회의 회주만이 알겠지. 하지만 나조차도 청명회주의 얼굴을 모르니······.”

운소명은 종이에 적히는 글을 읽으며 원가경의 말을 들었다. 청명회라는 말이 그의 귓가에 들리자 안색을 굳혔다. 그도 처음 들어보는 이름이었기 때문이다. 육대회주가 있다는 것은 알고 있었다. 하지만 그 육대회가 어떤 세력의 이름인지 정확히는 파악하지 못한 상태였다. 알고 있는 회의 이름은 고작 세 개였고, 그중 무천회와 살명회가 있었다. 그리고 무정회가 있다. 무정회는 인신매매를 하는 중원 최대의 조직이었다. 그런데 또 다른 회의 이름을 듣게 된 것이다. 큰 소득이 아닐 수 없었다.

살명회 총단 대파산 백룡곡(白龍谷).

글을 다 적은 원가경은 귀고리를 떼어내어 마치 도장을 찍듯이 귀고리에 장식된 작은 종 모양을 눌렀다. 그러자 종이가 눌려 나타난 자리에 원형의 모란꽃이 피었다. 그 문양을 확인한 운소명의 눈동자가 커졌다.

‘백화성!’

운소명은 곧 원가경의 손에 들린 종이가 작게 접혀 한 마리 매의 발밑에 달려 날아가는 모습까지 보았다.

‘과연… 백화성. 대단하군. 하오문 육대회주 중 한 명이 백화성과 연관되어 있을 줄이야…….’

운소명은 문득 재미있다는 생각이 들었다.

다음날 아침까지 귀식대법으로 원가경의 방 안에 있던 운소명은 그녀가 업무를 위해 밖으로 나가자 방을 빠져나왔다.

사람이 없는 낮에 굳이 이곳에 있을 필요가 없었기 때문이다. 밖으로 나온 그는 시장의 한 골목에서 모습을 보인 후 천천히 거리로 나와 수많은 사람들 틈으로 섞여 들어갔다.

한참 동안 시장을 걷던 그는 소면을 팔고 있는 노점상이 보이자 그곳으로 다가가 빈 의자에 앉았다.

“손님이 없군.”

“아직 점심을 먹기엔 이른 시간이지 않소?”

이십대 후반으로 보이는 평범한 얼굴의 청년이 웃으며 말을 받자 운소명은 고개를 끄덕였다.

“첫 손님인가?”

“그렇소.”

청년은 대답하며 운소명의 앞에 소면 그릇을 놓았다. 젓가락을 든 운소명이 다시 말했다.

"살명회의 총단이 백룡곡으로 옮겨졌다는데, 알고 있나?"

"어제 들어온 소식으로 알게 되었소. 살명회가 갑작스럽게 이동한다고 말이오."

"그랬군. 하오문의 육대회 중 청명회라고 알고 있나?"

"음… 처음 들어보는데. 청명회라…….”

청년은 면을 만들며 안색을 찌푸렸다. 그러다 음식을 먹고 있는 운소명의 모습에 청년이 물었다.

"맛은 어떻소?"

"그럭저럭 먹을 만하군."

운소명은 가볍게 미소를 보이며 그릇을 들고 국물을 마시기 시작했다.

탁!

그릇을 내려놓은 운소명의 모습에 청년이 물었다.

"하오문주는 만나보셨소?"

"없더군."

운소명의 짧은 대답에 청년의 얼굴 표정이 굳어졌다. 자신의 정보가 틀렸다는 말이 되었기 때문이다.

"살명회주를 하오문주로 착각한 것은 아니겠지?"

"음… 처음부터 다시 해야 하는 것인가."

청년은 밀영대가 착각했을지도 모른다고 생각하였다. 확실히 조사한 후에 알려주었어야 하는데 그러지 못한 것이다. 자신도 모르게 홍천 일호인 운소명의 눈치를 살펴야 했다. 그러자 운소명이 말했다.

"맹이 거짓 정보를 착각할 만큼 어수룩한 곳도 아니지."

"확실히… 분명 이곳에 있을 것이오."

천하제일이라는 무림맹의 밀영대가 거짓 정보를 홍천주에게 알렸을까? 절대 아닐 것이다. 그렇다면 이곳에 분명 하오문주가 있었다. 단지 그 장소가 당연히 이곳에 자리한 육대회 중 하나인 무천회라 여긴 것뿐이었다. 하지만 하오문주와 무천회주는 연락도 안 한 상태였고, 무천회주 역시 하오문주가 이곳 악양에 와 있다는 것조차 모르고 있었다.

[밤에 방으로 가겠소.]

청년, 구법의 전음성에 운소명은 좀 전부터 시선이 느껴지던 것을 느끼며 자리에서 일어섰다.

"잘 먹었네."

구법은 가볍게 손만 들어 보일 뿐이었다. 다행스럽게도 그 시선은 운소명을 따라오지는 않았다. 구법의 행동만을 관찰하는 게 일인 것 같았다.

방 안에 앉아 있는 운소명은 해질녘의 하늘을 바라보고 있었다. 문득 생각을 해보니 태어나서 기억나는 건 작은 마당에서 수련하던 모습뿐이었다.

다른 대원들은 저마다 과거가 존재했다. 하지만 왜 내겐 이렇다 할 기억조차 없는 것일까? 까마득히 먼 아득한 기억조차도 흐릿한 얼굴과 함께 수련하는 모습이었다. 그런 기억 때문일까? 가끔 문청청에게 자신의 과거를 조사해 달라고 부탁했었다. 하지만 문청청은 유독 자신의 과거를 조사하기 힘들다고 하였다. 기억나는 게 아무것도 없었기 때문이다. 태어난 고향이라도 알았다면 좀 더 수월했을까?

가끔은 부모의 얼굴을 떠올리곤 했다. 하지만 누가 부모인지 몰라 그저 밤하늘만 쳐다보곤 했다.

운소명은 완전한 어둠이 내려오자 의자에 앉은 채 잠을 청했다. 깊은 밤에 움직이려면 조금이라도 쉬는 게 이득이기 때문이었다.

얼마나 잠을 잔 것일까? 감각으론 두 시진은 잔 것 같았다. 눈을 뜬 운소명은 여전히 같은 자세로 앉아 창밖을 쳐다보았다. 그는 완전한 어둠 속에서 빛나고 있는 별들의 모습을 눈에 담으며 안색을 굳혔다.

"늦었군."

"기다렸소?"

운소명은 검은 그림자 하나가 유령처럼 솟구치더니 사람
의 형체로 변하는 모습을 쳐다보았다. 구법이었다.

"막 일어서려던 참이지."

"어디를 가려고 한 것이오?"

"십이호의 시신을 찾으러."

구법은 그 말에 피식거리며 웃음을 흘렸다. 자신의 시신을
찾으러 간다는 말 때문이다.

"농담도 무섭게 들리오."

구법의 말에 운소명은 가볍게 미소를 보였다. 그러자 구법
은 곧 품에서 두툼한 종이 뭉치를 꺼내 내려놓으며 말했다.

"요 근래 한 달 동안 악양성에 들어온 사람들이오. 물론 어
느 정도 추린 것이오. 그래도 워낙 많다 보니 서른 명의 밀영
대와 오백의 개방도로는 역부족이오. 하루에도 수천 명이 지
나다니는데 그중에 누가 하오문주일지 어찌 알겠소?"

"그 많은 밀영대가 이곳에 있는 것인가?"

"풍운각에선 하오문주의 꼬리를 잡기 위해 꽤나 공을 들이
고 있는 것 같소."

운소명은 고개를 끄덕이며 문서들을 살피기 시작했다. 구
법의 말처럼 풍운각은 하오문주의 꼬리를 잡은 채 놓치고 싶
지 않았던 것이다. 하오문주를 한번 잡게 된다면 그 끈을 영
원히 가지려 할 것이다. 그래야만 통제가 되기 때문이다.

“많아도 너무 많은데⋯ 이걸 다 조사하려면 족히 반년은 걸리겠어.”

삼백 명이 넘는 사람들의 이름에 운소명은 고개를 저었다. 그러자 구법이 말했다.

“그렇다고 우리가 조사할 때까지 기다려 줄 사람들도 아니지 않소? 떠날 때가 되면 떠날 사람들이라 더 걱정이오.”

구법은 안색을 찌푸리며 다시 말했다.

“거기다 도와주는 사람들이 있는 것도 아니고…….”

“맹에선 기한을 정하지 않았네. 시간은 많아. 단지 너무 광범위하다는 게 문제인데⋯ 잘된 일인지도 모르지. 자네가 보조로 붙어서 말이야.”

운소명의 말에 구법은 더욱 안색을 찌푸렸다. 자신을 굴리겠다는 말처럼 들렸기 때문이다. 하지만 기분이 나쁜 것은 아니었다. 한편으론 자신을 인정해 주는 말이었기 때문이다.

“네 생각이 궁금하군.”

“일단 열 명 정도로 줄이는 게 우선일 것 같소.”

운소명은 고개를 끄덕이며 다시 물었다.

“그 열 명은?”

“가만있자…….”

구법은 곧 문서를 뒤적이며 열 장을 꺼내놓았다. 그 열 장을 보던 운소명은 마지막 한 장에 시선을 멈추었다.

“창천궁… 신무전 전주라…….”

“이자는 보름 전에 악양에 들어온 자인데 한 달 뒤에 있을 본 맹과의 회담 때문에 온 자요. 말로는 강호 유람도 할 겸해서 온 것이라고 하지만 너무 일찍 창천궁을 떠난 자이기 때문에 넣어본 것이오.”

구법의 설명에 운소명은 턱을 괴며 말했다.

“궁을 나온 순간 밀영대가 붙었을 텐데도 의심이 되는 건가?”

구법은 고개를 끄덕였다.

“확실한 신분의 사람조차 믿지 말라고 배웠소. 나는 모든 게 거짓으로 보이는 사람이오. 잘 알지 않소이까?”

“나도 의심하나?”

“물론이오. 나 자신을 제외하곤 모두 거짓이라 생각하오. 하지만 그 존재를 부정하는 게 아니오. 단지 그 마음이 모두 거짓이라 생각할 뿐이오. 내가 신이 아닌 이상 마음까지 볼 수 있는 게 아니지 않소? 조직은 실제 존재하고 그 조직에 나도 있으니 조직의 존재만큼은 부정하지 않고 있소.”

구법의 말에 운소명은 곧 열 장의 종이 중 한 장을 들고는 나머지 아홉 장을 구법 앞에 밀며 말했다.

“자네가 이들을 조사하게. 이 한 명은 내가 하지.”

“으음… 너무 불공평하게 나눈 것 같소이다.”

“자네의 능력이 나보다 탁월하지 않은가?”

운소명의 말에 구법은 안색을 찌푸리며 투덜거렸다.

“역시… 모두 거짓투성이오. 그 말을 천주에게 하면 천주가 저를 때리겠소이다. 미친놈이라고. 어디서 감히 비교하느냐고.”

“부탁하지.”

운소명의 짧은 말에 구법은 귀찮다는 듯 한숨을 내쉬더니 곧 아홉 장을 챙기고 자리에서 일어섰다.

“삼 일 뒤에 오겠소.”

구법은 말이 끝남과 동시에 사라졌다. 그의 인기척이 완전히 사라지자 운소명은 생각난 듯 자리에서 일어섰다.

“이런……”

운소명은 굳은 표정으로 탁자 위에 놓여 있는 두툼한 종이 뭉치를 쳐다보았다. 구법이 놓고 간 것이다.

*　　*　　*

의자에 앉아 있는 중년인은 평범한 인상이었다. 특별히 무언가 특색이 있어 보이는 모습은 아니었으나 눈빛만큼은 조금 비범해 보인다고 할까?

중년인의 앞에 삼십대 후반으로 보이는 인물이 다가와 허리를 숙였다. 그는 하오문의 좌사였다.

"거의 모든 준비가 끝났습니다."

"이제 사냥을 시작할 때란 말인가?"

"그렇습니다."

좌사의 대답에 중년인은 고개를 끄덕이며 미소 지었다.

"재미있는 세상이야. 함정이란 것을 알면서도 살수들을 보내니까 말일세."

"그만큼 본 문이 경계를 받고 있다는 증거겠지요."

"그렇겠지."

중년인은 거미줄에 걸려든 수많은 문파의 살수들과 정보원들을 생각하며 살기를 보였다. 요 두 달 동안 이곳에 있으면서 악양성에 들어오는 수많은 사람들을 조사하고 그들의 뒷 세력까지도 조사를 끝낸 상태였다.

누가 공격해 오느냐에 따라 자신을 노리는 자가 누구인지 금세 알게 될 것이다. 굳이 이렇게 번거롭게 한 이유가 있다면 자신을 노리는 실질적인 인물이 누구인지 알기 위해서였다. 하오문의 삼 할에 해당하는 전력을 악양에 배치하고 살수와 정보원들에게 일일이 사람을 붙여놓은 상태였다. 쥐새끼 한 마리도 하오문의 눈을 피해가지 못할 것이다.

"현재까지 악양에 들어온 살수나 고수들을 볼 때 문주님을 노리는 사람은 무림맹주일 가능성이 높습니다."

“이미 예상하고 있는 일이 아니었나?”

중년인은 좌사의 말에 당연하다는 듯 말했다. 악양에 들어온 살수 중 절반이 정파의 돈을 받은 청부업자였고, 무림맹의 정보원과 창천궁의 정보원이 섞여 있었다. 정파와 무림맹의 정보원이 많다는 뜻은 무림맹의 개입이 있다는 증거였다.

“그렇다고 무림맹을 적으로 돌릴 수는 없지. 무림맹 역시 우리에겐 중요한 고객이 아닌가. 내가 알고 싶은 것은 무림맹이라는 큰 그릇이 아니라 그 속에서 내게 원한을 가진 문파일세.”

좌사가 그 말에 곧 빠르게 대답했다.

“무림맹을 빼고 나면 정파의 다섯 문파가 있습니다. 청부업자를 통해 살수를 고용한 곳이 네 곳이고 직접 고수를 파견한 곳이 하나입니다.”

“호오, 직접?”

중년인은 호기심 어린 표정으로 좌사를 쳐다보았다. 자신에게 직접 고수를 보냈다는 뜻은 그만큼 자신이 있다는 증거였기 때문이다. 그 정도의 배포를 가진 문파가 어디인지 궁금했다.

“소림입니다.”

좌사의 굳은 목소리에 중년인의 안색이 굳어졌다. 소림이란 이름이 가지고 있는 의미가 컸기 때문이다.

"조심해야겠군."

중년인은 중얼거리며 눈을 반짝이다 좌사를 향해 다시 말했다.

"미끼가 준비되는 대로 시행하게."

"알겠습니다."

좌사의 대답에 중년인은 손을 저었다. 소리없이 좌사가 물러가자 중년인은 눈을 감았다.

'소림이라…….'

구법은 생각보다 많은 정보원이 활동하고 있다는 사실에 놀라고 있었다. 그리고 그중 한 명이 자신의 발아래에 있었다.

"크으윽!"

정확하게 심장을 관통시킨 단검을 뽑아 든 구법은 숨이 넘어가고 있는 복면인을 내려다보았다. 어디에 소속되어 있는지 알고 싶다는 생각도 없었다. 그저 자신의 뒤를 밟았다는 게 중요할 뿐이었다. 그 이유 하나만으로도 충분히 죽여야 할 존재였다.

구법은 창천궁 신무전주를 따라가고 있었고, 이 밤에 조용히 움직이는 신무전주의 행동에 의문이 들어 따라나선 것이다. 하지만 자신의 뒤를 밟고 있는 인물이 있다는 사실을 아는 순간 그를 처리한 것이다.

'암도술을 펼치지 않으면 이렇다니까.'

구법은 시신 위에 풀잎을 덮으며 암도술을 펼치기 시작했다. 그러자 그의 흔적이 사라졌다.

"하하하!"

웃음소리가 어두운 전각 안에서 들려왔으며, 작은 불빛이 그곳에서 흘러나오고 있었다. 하지만 주변엔 많은 불꽃이 타올라 대낮처럼 밝혔으며 백여 명의 무사가 눈을 부릅뜬 채 사방을 경계하고 있었다.

'대단하군.'

구법은 삼십 장이나 떨어진 곳에서 더 이상 접근하지 못한 채 숨을 죽이고 있었다. 그 이상 접근하게 된다면 걸릴 것 같은 생각이 들었던 것이다. 아니, 그것은 본능이었다. 또한 아무리 암도술이 대단한 은신술에 잠행술이라지만 저렇게 대낮처럼 밝은 곳에서 움직일 수는 없었다. 그림자와 그림자 사이를 이동하는 잠행술이기 때문이다. 이동하다 조금이라도 소리가 난다면 바로 걸릴 것이다. 무엇보다 어둠 속에 숨어 있는 이백의 무사도 마음에 걸렸다. 그들은 마당에 서 있는 무사들과 다르게 이십 장의 거리에서 숨을 죽인 채 접근하는 사람들을 기다리는 것처럼 보였다.

'도합 삼백의 호위무사인가? 과연… 창천궁의 전주다운 호위다.'

구법은 얼마 전 백화성의 백문원주가 운소명의 손에 죽으면서 호위가 더 붙었다는 사실을 모르고 있었다. 그 일 때문에 전 강호가 살수에 대한 비상령이 내려진 상태였고, 보통의 두 배에 달하는 호위를 대동하게 되었다. 무림맹과 창천궁 역시 살수를 경계할 수밖에 없었다.

스슥!

구법은 바람 소리와 함께 십여 명의 흑의복면인이 달려나가는 모습을 눈에 담았다.

'어리석은…….'

그들의 행동에 저절로 혀를 찼다. 이들은 눈에 보이는 백 명만을 생각하고 행동하는 것 같았기 때문이다.

퍼퍽! 퍽!

순간 검은 그림자들은 마치 어둠 속에서 웅크리고 있다가 먹이를 집어먹는 동물처럼 나타나 움직이는 그들을 삼켜 버렸다. 그 섬뜩한 모습에 구법의 안색이 굳어졌다. 죽인 자들이 일류 이상의 고수들이었기 때문이다. 무엇보다 신음성조차 흐르지 않았다는 점이 그를 더욱 경계하게 만들었다.

숙!

어두운 나무 그늘 사이로 검은 흑의를 입은 이십대 초반의 청년이 얼굴을 보였다. 그의 옆에는 조금 전에 움직이던 흑의 복면인이 쓰러져 있었다. 그는 복면인의 품을 뒤지더니 목패를 발견하곤 곧 손을 들었다. 그러자 거짓말처럼 두 명의 흑의무인이 나타나 시신을 치웠다. 그는 잠시 주위를 둘러보다 가볍게 미소를 보였다. 완벽하다는 만족감의 미소인 것 같았다. 그는 곧 어둠 속으로 스며들어 갔다.

구법은 문을 열고 나오는 사십대 중반의 중년인을 볼 수 있었다. 그의 주변으로 백여 명의 무사가 몰려들었으며, 그의 뒤로는 사십대 초반의 중년인이 서 있었다. 그자의 얼굴을 본 구법은 안색을 찌푸렸다. 처음 보는 자의 얼굴이었기 때문이다.

"문주께서 고생이 많소."

"별말씀을…… 궁주님께 안부나 잘 전해주십시오."

신무전주는 미소와 함께 곧 수하들을 대동하고 걸어나갔다. 그가 나가자 주변을 호위하던 어둠 속의 무사들 역시 빠르게 사라져 갔다.

스스슥!

순간 그들의 자리에 또 다른 무리가 빽빽하게 자리를 메우기 시작했다. 구법의 안색이 굳어졌다. 희미하게 들렸지만 분명 문주라는 말이 들려왔기 때문이다. 그 문주라는 말이 귓가를 때린 것이다.

"큭!"

구법은 자신과 오 장여 떨어진 곳에서 신음성과 함께 쓰러지는 검은 복면인을 쳐다보았다. 그자는 새로 나타난 검은 무리에게 걸려 죽은 것이다.

스슥!

그들은 주변을 수색하기 시작했으며, 그들의 행동을 확인한 구법은 조용히 빠져나갔다.

푸드득!

새벽의 공기가 차갑게 다가올 때 악양성의 지붕을 넘으며 몇 마리의 비둘기가 하늘을 날았다.

슥!

구법의 신형이 막 비둘기가 날아간 창을 통해 안으로 들어갔다. 그는 아무도 없다는 것을 확인한 후 책상을 뒤지기 시작했다. 이곳이 무림맹 직속 밀영대의 악양 분타라는 것을 잘 아는 그였기에 찾아온 것이었다.

'대영상회주라……'

구법은 책상을 뒤지다 오늘 밤 신무전주가 만난 사람이 대영상회의 회주라는 사실을 확인하였다. 대영상회라면 이곳 호남에선 꽤 큰 상단에 속하는 곳이었다. 구법은 오늘 밤 일

어난 많은 살인에 대해 생각하였다. 또한 대영상회는 상단치
곤 대단히 뛰어난 무사들이 호위하고 있었다.
  슉!
  구법의 신형이 소리없이 사라졌다.

第四章
죽음은 평등하다

넓은 대청의 상석에 앉아 있는 곡비연은 눈앞에 엎드리고 있는 사십대 중년인을 쳐다보고 있었다. 곡비연의 옆에는 네 명의 시비가 서 있었는데 모두 범상치 않은 기운을 풍기고 있었으며 그중 두 명은 어깨에 검을 걸치고 있었다. 호위 겸 시비인 사군자였다.

곧 정보각주인 문소월이 걸어 들어왔다. 그가 들어오자 곡비연은 시선을 던졌다. 문소월은 정중히 인사한 후 곡비연의 옆에 앉았다.

"바쁜가 보군요?"

“하오문주가 모습을 드러냈으니 바쁠 수밖에 없지요.”

곡비연은 이미 알고 있는 일이기에 고개를 끄덕였다. 곧 시선을 엎드린 중년인에게 던졌다.

“그렇게 긴장하실 필요는 없어요. 저희는 단지 역용술에 대해서 보고 싶을 뿐이니까요.”

“그… 그렇습니까?”

양동은 바짝 긴장한 상태였다. 긴장하지 않을 수가 없었기에 떨리는 마음을 진정시킬 수가 없었다. 천하의 백화성에 왔기 때문이다. 무엇보다 눈앞에 백화성의 이인자라 불리는 백문원주인 곡비연이 앉아 있지 않은가? 아무런 잘못이 없다 해도 자연스레 긴장할 수밖에 없었다. 하지만 곡비연의 목소리에 양동은 저도 모르게 긴장감이 풀어지는 것을 느꼈다. 자신도 모르게 고개를 들어 쳐다보자 곡비연이 부드럽게 미소 지었다.

“제가 책임지고 안전을 보장해 드릴게요. 그러니 대가라 불리는 어르신의 역용술이란 것을 보여주세요.”

“분부대로 하겠습니다. 그런데… 누구로……? 상대가 있어야 역용술이란 기술에 대해 잘 이해하실 거라 생각됩니다.”

“문 각주님으로 해주세요.”

“헉! 저 말입니까?”

“뭐 어때요?”

곡비연의 미소 지은 표정에 문소월은 안색을 굳히며 어색한 표정으로 양동을 쳐다보았다. 양동은 곧 문소월을 쳐다보더니 이내 몸을 돌려 여러 가지 도구를 꺼내 얼굴을 고치기 시작했다. 물론 거울도 이미 그의 앞에 놓인 상태였다.

쪼르륵!

사군자 중 맏이인 매아가 곡비연의 찻잔에 차를 따랐고, 곡비연은 뜨거운 김이 피어나는 찻잔을 쳐다보더니 입을 열었다.

"그런데 하오문주가 여전히 모습을 보이고 있다니, 의외군요."

"저도 그렇게 생각하고 있습니다. 마치 덫을 치고 먹이를 기다리는 거미처럼 보입니다. 벌써 꽤 많은 살수들이 죽었으니 말입니다."

"그렇군요."

곡비연은 고개를 끄덕이며 차를 마셨다. 그러자 문소월이 다시 말했다.

"다행히 하오문주는 덫을 치고 먹이를 기다리는 데 바빠 밑에 있는 육대회는 신경을 못 쓰는 것 같습니다. 조만간 본성의 정예들이 살명회의 총단을 급습할 예정입니다."

"좋은 소식이군요."

곡비연은 눈동자를 반짝이며 미소 지었다. 이미 중원을 비롯한 변방의 모든 살수 집단에 대해 척살 명령을 내린 상태였기 때문이다. 벌써 십여 개의 살수 집단이 사라진 상태였고, 조만간 또 하나가 사라질 것이다.

"본 성의 명예를 위해서라도… 전 무림의 살수 집단은 사라져야 해요."

곡비연의 낮은 목소리에 문소월은 고개를 끄덕였다.

"물론이지요."

백화성의 명성을 되찾기 위해서라도, 살수에게 죽은 백문원주의 넋을 위로하기 위해서라도 살수 집단은 사라져야 했다. 그 생각은 문소월 역시 동의하고 있었으며, 현 백화성의 모든 간부나 무사들의 생각도 같았다. 그리고 오랜만에 백화성이 복수라는 큰 과제를 앞에 두고 하나가 된 상태였다.

슥!

"헉!"

양동이 신형을 돌리자 문소월이 놀라 자리를 박차고 일어섰다. 불과 일다경 만에 또 한 명의 문소월이 나타난 것이다. 곡비연 역시 안색을 굳히며 양동을 쳐다보았다.

"대단하군요."

"별말씀을……."

"과연… 천하제일이라 불릴 만해요."

곡비연은 고개를 끄덕이며 문소월을 쳐다보고 다시 양동

을 쳐다보았다. 꼭 쌍둥이를 보는 것 같았다. 문소월 역시 놀란 표정으로 양동을 쳐다보고 있었다.

"대단하군, 대단해. 저희도 역용술을 일부 무사들에게 가르쳐 주고는 있지만 이 정도까지 정교하지는 않습니다."

"그래요. 양동."

"예!"

양동이 얼른 대답하고 일어섰다. 그러자 곡비연이 자리에서 일어서며 양동에게 다가갔다.

"본 성에서 역용술을 가르치는 선생이 되어주세요. 백화성은 양 선생을 위해 평생을 함께할 것이에요."

곡비연의 부드러운 말과 함께 어느새 호칭도 양 선생으로 바뀌어 있자 양동의 전신이 미미하게 떨렸다. 곡비연의 말이 꿈속에서 하는 말처럼 들렸기 때문이다. 곡비연의 말 한마디에 삶이 바뀌게 되는 순간이 온 것이다.

"감, 감사합니다."

양동은 몸을 떨며 바닥에 엎드렸다. 그러자 곡비연이 양동의 손을 잡고 일어나며 말했다.

"이제부터는 양 선생이에요. 그러니 그렇게 예를 차릴 필요가 없어요. 매아야, 의자를 가져오너라."

"예."

매아는 뒤로 나가더니 곧 의자를 들고 들어왔다. 양동은 자신이 곡비연과 문소월의 옆에 앉게 된다는 것 자체에 놀라움을 감추지 못하고 있었다.

"양 선생, 그 얼굴이나 어떻게 하면 안 되겠소? 험!"

문소월의 말에 양동은 놀란 듯 재빠르게 얼굴을 뜯었다. 그러자 돈피가 떨어져 나가며 여기저기 아교가 남은 자국이 보였다.

"그게 뭔가요?"

"이… 이건 흔히 쓰는 돈피입니다. 돼지가죽으로 만든 것인데 보통… 이걸 주로 사용해 얼굴을 고치지요."

양동의 말에 곡비연과 문소월은 여러 가지 질문을 하기 시작해 긴 대화가 이어졌다. 해가 질 무렵 곡비연은 양동에게 물었다.

"그런데 양 선생의 역용술은 일다경(15분) 정도던데… 그 시간이면 정말 번개 같은 속도라고 생각해요. 여자가 화장을 하는 시간도 보통 일다경은 넘는데… 어떻게 일다경 만에……."

"삼십 년 동안 이 짓만 하다 보니… 저만의 기술이 쌓인 것이지요. 숙련된 술사는 보통 반 시진이면 완벽한 변장을 합니다."

"그렇군요."

곡비연은 고개를 끄덕이더니 이내 궁금한 듯 물었다.

“혹시 양 선생보다 더 빠른 시간에 변장할 수 있는 인물이 있나요?”

양동은 그 물음에 잠시 생각하는 듯하더니 빠르게 말했다.

“있을 것입니다. 제가 듣기론 중원에 백면호리(白面狐狸)라는 인물이 있다 하는데… 그자는 눈 깜짝할 사이에 일백 개의 얼굴로 변할 수 있는 인물이라 들었습니다.”

“백면호리…….”

곡비연은 눈을 반짝이며 고개를 돌려 문소월을 쳐다보았다. 문소월은 곧 고개를 끄덕였다.

“그자일 가능성도 있군요.”

“그렇습니다.”

곡비연은 문소월의 대답을 들으며 짧은 시간에 얼굴을 바꾸고 도망친 살수의 얼굴을 떠올렸다. 하지만 본 적 없는 얼굴이기에 그저 시커먼 구름처럼 보일 뿐이었다.

‘약간은 다가간 것일까?’

곡비연은 이내 양동을 쳐다보며 말했다.

“오늘은 수고하셨으니 푹 쉬세요. 아, 그리고 가족들도 데리고 오세요. 본 성에서 거처를 마련해 드릴 테니까요.”

“감사합니다.”

양동은 다시 한 번 감격한 듯 고개를 깊게 숙였다.

*　　　*　　　*

개봉부에 도착한 삼령은 비밀 분타에 몸을 의탁했다. 비밀 분타는 개봉부의 시장 중심부에 자리한 서가였다. 삼령은 그곳에서 일을 하면서 잠시 휴식을 취하고 있었다. 어차피 표적을 놓친 상태였기에 상부의 지시가 있을 때까지 기다릴 수밖에 없었다.

달그락! 달그락!

식탁에 앉아 음식을 먹는 그녀들은 하나같이 침울한 표정이었다. 살수를 놓친 상태인데다 성에선 아무런 연락도 없었기 때문이다. 당연히 고향으로 돌아가고 싶었으나 별도의 명령이 없는 이상 이곳에서 대기할 수밖에 없었다.

"제길……."

막내인 황령은 젓가락을 놓으며 안색을 찌푸렸다. 청령과 미령의 시선이 닿자 황령은 투덜거렸다.

"언제까지 기다리라는 건지……."

"돌아가고 싶은 마음은 이해하나 그래도 대기해야지."

"그 새끼는 하늘로 솟구친 게 분명해요. 그렇지 않고서야 저희가 놓칠 리가 없잖아요."

청령의 말에 황령은 목소리를 높였다. 그러자 미령이 부드러운 목소리로 말했다.

“기다리다 보면 우리의 눈에 잡히겠지. 그때까지 참아야
한다.”

미령의 말에 황령은 이마에 주름을 잡았다.

그때였다. 서가주가 들어오며 서찰을 건넸다.

“특명이네.”

“특명?”

서가주가 고개를 끄덕이며 밖으로 나가자 청령은 서찰을
펼쳐 읽었다.

“백면호리… 납치 후 본성에 복귀할 것.”

청령은 곧 시선을 돌려 황령과 미령을 쳐다보았다. 순간 그
녀들의 안색이 밝아졌다. 납치하라는 문제 때문이 아니라 본
성에 복귀하라는 명령 때문이다.

*   *   *

구법은 밀영대의 악양 분타를 빠져나온 지 오 일이 지나서
야 운소명과 만날 수가 있었다. 운소명을 바로 만날 수도 있
었으나 구법은 그렇게 하지 않았다. 천주와 연락을 취해야 했
기 때문이다. 또한 밀영대와 다른 문파들의 움직임 역시 조사
해 둘 필요가 있었기에 시간을 둔 것이다.

운소명은 여전히 평범한 이십대 초반의 얼굴을 하고 있었

다. 그런 그의 앞에 구법이 앉아 있었다. 구법의 안색은 굳어 있었으며 운소명의 안색은 평온해 보였다.

"천주로부터 날아온 정보와 제 눈으로 확인한 정보를 조합해 볼 때 대영상회주가 하오문주일 가능성이 구 할에 가깝소."

"확신이란 소리군."

운소명의 말에 구법은 고개를 끄덕였다. 그러자 구법이 조심스럽게 말했다.

"한 가지 걱정되는 것은 그의 존재가 너무 많이 알려졌다는 것이오. 그래서인지 너무 많은 적이 달려들고 있소이다. 어젯밤까지 서른두 명이 죽었소. 하오문주의 목에 걸린 상금이 관아에서 건 게 황금 천 냥, 본 맹이 건 천 냥, 백화성이 천 냥, 창천궁이 천 냥이오. 이것만 합쳐도 사천 냥이오. 이것 때문에 낮에는 현상금 사냥꾼까지 달려들고 있는 실정이오. 그런데 그자는 움직이지 않고 있소이다. 마치 우리를 기다리는 것처럼."

운소명이 그 말에 슬쩍 미소 지었다. 그러자 구법이 다시 말했다.

"백화성의 살수들도 올지 모르오."

"그렇다면 잘된 일일지도 모르지. 우리의 수고를 덜어줄 테니까."

운소명의 단순한 대답에 구법은 짧게 숨을 내쉬었다. 그런 단순한 문제라면 얼마나 좋겠는가? 하지만 쉬운 문제가 아니었다. 적이 그만큼 대비를 철저히 하고 기다렸기 때문이다.

"그들은 쥐새끼 한 마리 빠져나가지 못할 만큼 철저히 준비하고 있소이다. 지금 들어가면 불속에 뛰어드는 나방이 되는 꼴이오. 철통같은 경비를 뚫었다 해도 하오문주의 무공이 어느 정도인지 예측할 수가 없소이다. 또한 이미 준비를 한 상태에서 기다리는 자에게 가는 것이 얼마나 어리석은 일인지 잘 알 것이라 생각하오."

"기다리자는 말인가?"

구법은 굳은 표정으로 고개를 끄덕였다. 운소명은 짧게 숨을 내쉬며 안색을 찌푸렸다. 구법의 말처럼 미리 대비하고 있는 자에게 덤비는 것과 아무것도 준비되지 못한 상태에서 갑작스럽게 살수를 펼칠 때의 결과는 명백했다. 운소명도 그 사실을 잘 알고 있었기에 구법의 말에 부정도 긍정도 못한 것이다.

"우리는 하라면 해야 하네. 설령 불속에 뛰어드는 나방이 된다 해도."

운소명의 씁쓸한 말에 구법은 입술을 깨물었다.

"어차피 일은 내가 하네. 자네는 돕기만 하면 되지 않나? 그것조차 어렵다고 하지는 않겠지?"

　구법은 운소명의 말에 답답한 듯 길게 숨을 내쉬다 곧 고개
를 끄덕였다.
　"해봅시다."
　운소명의 입가에 미소가 걸렸다.

　한때는 낙천가에다 아무리 힘든 일이 있다 해도 늘 할 수
있다는 자신감을 가지고 있었다. 그게 때로는 무모한 용기가
되기도 했다. 무모함은 늘 몸으로 나의 잘못을 가르쳐 주었으
나 그래도 희망을 잃지는 않았다.
　하지만 그런 나의 인생에도 큰 변화는 없었다. 당연히 세상
사람 모두가 무림인이라 생각했고 세상 사람 모두가 무공을
수련한다고 생각했다. 하지만 그게 아니라는 것을 알게 되자
많은 괴리감을 느껴야 했다.
　그저 내가 보던 세상이 이 큰 천하에서 극히 작은 일부라는
것을 알았기 때문일까?
　세상에 나와 살면서 많은 것을 알게 되었고, 또 보게 되었
다. 그제야 나는 무공을 얻었지만 많은 것을 잃어버린 채 살
았다는 것을 알았다. 아니, 얻은 만큼 잃어버린다고 했던가?
세상은 공평해서 무언가를 얻게 되면 또 다른 무언가를 잃게
된다고 한다. 나 역시 공평한 세상의 이치에서 벗어날 수는
없었다.

늘 낙천가였던 내가 언제 죽을지 모르는 요즘의 삶으로 인해 희망을 잃어버렸으며 무모했던 용기는 소심한 삶의 연장 속에 사라져 버렸다. 마치 굶주린 사람이 용기라는 밥을 먹으면 평생 배부른 상태가 될 것 같은 기분에 삼켜 버린 것이다, 마음 깊숙한 곳으로.

그래도 한 가지 남은 게 있다면 시키는 일만큼은 무슨 일이 있어도 수행한다는 목적의식 정도였다. 그 하나라도 없다면 아마 어두운 마음의 소용돌이에서 진즉 죽었을 것이다. 빈껍데기뿐인 나무 인형처럼 그저 시키는 일만 했을 것이다. 아무런 감정도, 아무런 미련도, 아무런 슬픔도 느끼지 못하는… 어쩌면 그런 인형을 그들은 원했던 게 아닐까?

스륵!

운소명은 어두운 장원의 지붕들을 지나치고 있었다. 그의 눈은 주변 지리를 세밀하게 기억하고 있었으며, 세심하게 주변 풍경을 각인시키고 있었다. 모두 탈출할 때 지나갈 길이었고, 그 길을 따라 탈출할 생각이었다.

소리없이 담을 넘은 운소명은 안으로 흘러들어 가며 여전히 세밀하게 주변을 살폈다. 그리고 마지막 목적지의 문 앞에 다다르자 행동을 멈추었다. 이 너머는 들어갈 생각이 없었기 때문이다. 이미 이곳까지 오는 동안 삼중의 경비망을 뚫은 상태였다. 하지만 이 안은 들어갈 수가 없었다. 담 너머에서 느껴지는 기운이 강렬했기 때문이다.

저벅! 저벅!

운소명은 나무의 그림자에 숨어 불빛과 함께 걸어오는 인물들을 쳐다보았다. 가장 앞선 자는 총관으로, 이미 얼굴을 몇 번 본 자였다. 그가 시비들과 함께 대영상회주의 거처로 들어가는 모습을 확인한 운소명은 곧 신형을 돌렸다.

어두운 방 안에 앉은 구법은 미리 준비한 물건들을 일일이 확인하고 있었다. 이왕 시작할 것이라면 완벽하게 준비해야 직성이 풀렸기 때문에 요 오 일 동안 쉬지 않고 준비를 해왔었다. 그 결말이 오늘 나타날 것이다.

슥!

문을 열고 운소명이 들어오자 구법은 가볍게 인사했다. 순간 구법의 안색이 굳어졌다. 운소명의 얼굴 때문이었다.

"완벽한 총관의 얼굴이오."

대영상회의 총관 얼굴로 나타난 운소명을 향해 구법은 엄지손가락을 치켜들었다. 그리고 준비한 옷을 내놨다. 그것은 총관이 늘 입고 다니는 옷으로, 갈포였다.

"오늘 미시(未時:오후 1시)부터 총관이 외출한다고 하오. 그가 관(官)의 일을 보고 돌아오는 시간은 저녁이며, 상회주와 함께 저녁을 먹기로 되어 있소. 그러니 시간은 저녁이 되기 전이 되어야 할 것이오."

구법의 말에 운소명은 고개를 끄덕였다. 총관이 돌아오는 시간보다 일다경 정도 일찍 회주의 방에 침입해야 했다. 물론 총관이란 명함을 내밀고 말이다. 가장 쉽게 침입할 수 있는 방법이었고, 가장 확실하게 통하는 방법이기도 했다. 대영장의 정문에서 직접 사람이 오가는 모습을 일일이 눈으로 확인하지 않는 이상 총관이 지금 들어왔는지 아직 들어오지 않았는지는 알지 못한다.

"그래야지."

"이건 대영상회의 총관이 들고 다니는 신패요."

작고 둥근 동패를 건네받은 운소명은 미소를 보였다. 곧 자리에 앉은 운소명이 천천히 말했다.

"구하기 어려웠을 텐데?"

"기회가 됐을 때 미리 탁본을 떼어놓았소. 대영상회뿐만 아니라 거대 문파부터 중소 상회들까지 모든 신패가 무림맹에 있다 해도 거짓이 아니오. 단지 모두 탁본으로 소장하고 있을 뿐이지만……."

운소명은 새롭게 알게 된 사실에 고개를 끄덕였다. 자신이 하는 일은 행동 쪽이었지 정보 쪽이 아니었기 때문에 그러한 사실조차 모르고 있었던 것이다.

"서가에 있나 보군. 이렇게 빨리 준비한 것을 보니."

구법은 고개를 끄덕였다. 서가는 곧 무림맹의 장서원을 뜻하는 말이었다. 만약 장서원에 탁본이 없었다면 이렇게 빨리 신패가 도착하지 못했을 것이다.

"무림맹이 없는 게 뭐가 있겠소? 세상 모든 게 거의 다 있을 것이오. 회주를 죽이고 나면 뒷담을 넘어 이 옷으로 갈아입으시오. 담 밑에 미리 숨겨놓겠소."

구법은 검은 보자기를 내밀며 말했다. 곧 운소명이 고개를 끄덕이자 구법은 붉은 보자기를 보이며 말했다.

"이건 대영장의 담을 넘고 숲을 지나 거영루의 뒷담을 넘고 나서 갈아입을 옷이오. 장작더미 옆에 숨겨놓을 테니 찾아입고 빠져나오시면 되오. 일단 회주를 죽이고 그 소식이 밖으로 나가기까지 반 시진 정도의 여유가 있으니 그 시간 안에 성을 빠져나가시면 되오. 그리고 내일 새벽에 구현부두에서 출발하는 배가 있소. 그 배를 타면 무림맹으로 복귀하실 수 있을 것이오."

"자네는?"

"뒤처리를 해야 하지 않소?"

"부탁하네."

운소명은 곧 자리에서 일어나 갈포로 갈아입었다. 그러자 구법은 그가 꼭 대영상회의 총관 같다는 생각이 들었다. 그만큼 흡사한 모습이었기 때문이다.

*   *   *

“이런… 망할……..”

문청청은 전서를 구기며 안색을 굳혔다. 그런 그녀의 전신으로 살기가 피어나기 시작하자 그 앞에 서 있던 마길은 바짝 긴장한 표정으로 고개를 숙였다.

“내가 이럴 줄 알았어. 이럴 줄 알고 그 영감탱이를 미리 죽이자고 했더니…….”

문청청은 싸늘하게 중얼거리며 마길을 쳐다보았다.

“모두 모이라고 해라.”

“예? 모두 말입니까?”

“그래, 모두. 백면 영감이 납치당했다. 지금 백화성으로 끌려가는 중이다.”

“헉!”

마길은 놀라 눈을 부릅떴다. 백면 영감이라면 백면호리를 말함이고, 그는 홍천의 많은 스승 중 한 명이었기 때문이다. 스승들 중 세 명은 죽었고 나머지는 살아 있었는데, 그중에 한 분이 잡힌 것이다.

“빨리 움직여.”

“존명!”

마길은 재빠르게 외치며 신형을 날렸다. 그의 모습이 순식간에 사라지자 문청청은 전서를 적기 시작했다. 멀리 떨어진 수하들에게 보내는 전서였다.

"무공도 없는 영감이라 미리 죽였어야 했는데… 도대체 호위는 뭘 하고 있었던 거야? 다 죽었나? 망할……."

문청청은 연신 욕을 중얼거리며 전서를 십여 장이나 만들었다. 그리곤 새장에서 비둘기를 꺼내 날리기 시작했다. 새벽의 공기를 마시며 십여 마리의 비둘기가 장서원의 지붕을 넘었으며 중원 각지로 퍼져 나갔다.

대영상회의 회주이자 하오문의 문주인 봉천악은 차를 마시며 여유있는 표정으로 의자에 앉아 있었다. 이곳 악양을 굳이 거처로 정한 이유는 다른 곳에 비해 적들을 감시하기가 수월했기 때문이다. 또한 개방도들의 활동이 적은 곳이란 게 큰 이유라면 이유였고, 육대회 중 무천회가 이곳에 총단을 두고 있다는 것도 이유였다. 이곳 악양은 무천회의 감시망과 하오문의 감시망이 동시에 움직이는 곳이었다.

"좌사입니다."

"들어오게."

문을 열고 좌사가 들어오자 봉천악은 슬쩍 시선을 던졌다.

"무슨 일인가?"

“관에 다녀오겠습니다.”

“아! 요전번에 했던 그 주루 이야기인가?”

“그렇습니다.”

좌사는 얼마 전 사업 확장을 위해 동정호 부근에 큰 주루를 하나 인수하고 있었다. 그 일이 마무리 단계에 들어섰기에 관에 가야만 했다. 봉천악은 고개를 끄덕이며 물었다.

“그 일이야 자네가 알아서 하면 되고, 살수들은 더 이상 없는 건가? 요 근래 아무런 일이 없으니 심심하군.”

“아무래도 저희가 기다리는 거물급은 없는 듯 보입니다. 하지만 속단할 수도 없습니다. 거물급일수록 인내심이 강하니까요.”

“그렇겠지. 보름 정도만 기다리고 더 이상 없다면 우리도 철수하세. 이제 나오는 것도 귀찮군.”

“무천회주 말입니까?”

좌사의 물음에 봉천악은 어젯밤 다녀간 원가경을 떠올리며 눈웃음을 보였다. 그녀의 나긋한 육체가 머리를 스친 것이다. 그녀는 하오문주가 봉천악이란 은밀한 소문을 듣고 찾아온 것이다. 그리고 그녀가 알고 있다는 말은 곧 육대회주 모두 알고 있다는 뜻이었다.

“살명회주도 온다더군. 인사차 말이야. 더 이상 이곳에 있다간 육대회주가 모두 올 텐데, 그것도 걱정이군. 일단 거절했으니 자네는 무림맹의 감시망을 처리하는 데 주력하게. 전보다 세 배는 많아졌으니.”

“그렇게 하겠습니다.”

“가는 김에 관과도 협조 좀 하게. 성의 표시는 잊지 말고.”

“예.”

좌사는 깊게 읍하고 신형을 돌렸다. 그가 나가자 봉천악은 안색을 굳히며 차를 마시기 시작했다.

“초조한 것 같군요.”

감미로운 목소리에 봉천악은 쓰게 미소를 보였다. 그의 뒤에 유령처럼 붉은 그림자가 어른거리더니 붉은 나찰 가면을 쓴 여인이 서 있었다.

“내가? 그렇게 보이나?”

고개를 돌린 봉천악은 가면 속의 눈과 마주치자 고개를 저으며 창밖을 쳐다보았다.

“걱정돼서 온 것이라면 내 걱정은 하지 말게나.”

“당신을 걱정 하는 게 아니에요. 제자를 걱정하는 거지.”

“훗! 네 제자이기도 하지만 내 제자이기도 하지.”

그의 말에 그녀는 잠시 입을 닫았다. 잠시의 침묵이 흘렀고, 고요한 공기의 흐름을 읽으며 잠시 창밖을 주시하던 봉천악이 조용히 말했다.

“이 일은 단지 시험일 뿐이야, 시험.”

“그게 아니라 두려운 것이겠죠.”

“……!”

봉천악의 눈꼬리가 미미하게 흔들렸다. 그러자 나찰녀가 다시 말했다.

“광천폭(狂天暴)과 혈정마지(血政魔指)를 팔성까지 익힌 아이예요. 그것도 오 년 전이죠. 그 이후엔 어떻게 변했는지 그 무공을 추측할 수가 없어요. 삼호의 말로는 은살삼도(銀殺三刀)도 익혔다 했어요.”

“은살삼도까지?”

봉천악을 조금 놀란 듯 나찰녀를 쳐다보았다. 나찰녀는 미미하게 고개를 끄덕였다. 어느 것 하나 대성하기 힘든 무공이었다. 그런데 절학이라 불릴 만한 무공을 무려 세 가지 이상이나 익히고 있는 것이다. 평생 하나 익히는 것도 모자란 게 사람의 시간이었다.

“재미있군.”

봉천악은 이내 미소 지으며 투지를 불태우기 시작했다.

“이십 년 전 요만한 놈을 데려다 키운 게 엊그제 같은데… 벌써 이렇게 내 가슴을 뛰게 할 정도로 자랐다니… 세월이란…….”

그렇게 말한 봉천악은 문득 무상한 시간의 흐름을 상기하듯 짧게 숨을 내쉬었다. 그리곤 나찰녀에게 물었다.

"그래서? 왜 온 것인가? 설마 나를 도와주러 왔다는 말은 아니겠지?"

"그게 아니라 이 일은 그림자로 대신하라는 말을 전하려 왔어요."

"그래?"

봉천악은 조금 의외인 듯 자리에서 일어섰다.

"두 달 만에 백화성의 뇌옥에 들어가 배신자를 죽이고 탈출하는 도중 백문원주까지 죽인 놈이에요. 무엇보다 천라지망을 뚫은 놈인데 이 정도의 수비로 통할 거라 생각한 것은 아니겠지요?"

"왔다면 벌써 왔을 놈이지."

봉천악의 말에 나찰녀는 고개를 끄덕이며 말했다.

"단지 조심하는 것뿐이에요. 해결하려고 마음먹었다면 벌써 해결했을 거예요. 그런데도 시간을 끄는 이유가 있다면 우리의 눈치를 보는 것 정도겠지요."

"빨라도 문제라는 것을 알았나? 아니면 그놈의 본능인가?"

"다섯 분께선 우리의 손으로 움직일 수 있는 병기를 원하고 계시지 뛰어난 인재를 원하고 계신 게 아니에요."

봉천악은 고개를 끄덕였다. 그 뜻을 알기 때문이다. 어차피 쓰다 버리는 종이와도 같은 존재들이었다. 그런 존재가 커버린다면 당연히 껄끄러울 것이다. 무림맹의 어두운 부분을 잘 알고 있는 그들이기 때문이다. 그래서 이십 년에 한 번씩 물갈이를 해주고 있었다. 그런데 이번 기수의 홍천일호는 오 년 만에 시험대에 오르게 된 것이다.

"십삼호의 희생으로 그를 시험하는 것은 옳은 일이 아니에요. 아무리 당신이 그 아이를 마음에 들어하지 않는다 해도."

"흥! 그건 개인적인 감정인가?"

봉천악의 말에 나찰녀의 눈동자가 반짝였다. 그러자 봉천악은 다시 말했다.

"잘 알았으니 그만 가보게. 내가 알아서 하지."

봉천악의 축객령에 나찰녀는 잠시 그의 눈빛을 쳐다보더니 이내 신형을 돌렸다.

"그럼 다음 회담 때 봬요. 아! 그리고 백면호리가 납치되었어요. 아마도… 그분께선 백화성에 대한 정보를 당신에게 어느 정도 전해준 뒤에 자결하시겠지요."

"……!"

순간 지금까지와는 다르게 봉천악의 눈동자가 크게 흔들렸다. 백면호리는 하오문의 장로였기 때문이다. 그 모습에 나찰녀가 빠르게 말했다.

"아무래도 백화성인 것 같아요. 지금 무면과 유신이 비밀리에 움직이고 있어요. 일호도 이 일이 끝나면 합류시킬 생각이에요."

“알았네.”

봉천악의 굳은 대답에 나찰녀는 곧 유령처럼 허공중에 사라졌다. 그녀가 사라지자 봉천악은 안색을 굳히며 입술을 깨물었다. 백면호리는 홍천 원로이기도 했기에 그자가 백화성에 잡혀 고문이라도 당한다면 홍천에 대해서 다 불 것이 뻔했다.

“멍청한 것들…….”

봉천악은 백면호리 주변에 있어야 할 호위무사들을 욕하다 이내 한숨을 길게 내쉬었다.

“우사.”

스륵!

봉천악의 낮은 목소리에 흐릿한 신형이 그의 정면에 나타나더니 이내 완전한 모습을 보였다.

“부르셨습니까?”

“모두 들었을 테니 내가 무엇을 원하는지 잘 알 것 아닌가?”

“그림자를 준비하겠습니다.”

“수고하게. 그리고 자네는 끝까지 남아 있다가 내일 무한으로 오게. 그곳에서 기다리지.”

“복명.”

낮은 대답 소리와 함께 우사의 신형이 사라지자 봉천악은 곧 자리에서 일어섰다. 지금 바로 출발해야 했기 때문이다.

＊　　＊　　＊

철컥!

작은 방 안의 탁자 위에 큰 나무 상자 하나가 올려졌다. 운소명은 상자를 열었다. 그러자 꽤 많은 장비가 그의 눈에 들어왔다. 검, 도를 비롯한 병장기와 함께 수면향부터 최음제까지 다양한 물건들이 놓여 있었다. 또한 상자의 안쪽엔 녹색의 작은 상자가 하나 있었는데, 그것은 독이었다. 하지만 독을 주로 이용하지 않기 때문에 그에겐 불필요한 물건이었다.

'독도 사용하나 보군.'

운소명은 구법의 장비 상자를 둘러보며 의미없는 미소를 그렸다. 그리곤 그중 단도를 하나 꺼내 들었다. 날이 잘 선 단도로, 시장에서 흔히 구할 수 있는 물건이었다.

단도를 꺼낸 후 가죽 허리띠를 집어 들었다. 허리띠엔 백여 개의 손가락 크기만 한 비검이 걸려 있었다. 비검의 특징이 있다면 손잡이가 없는 검신의 모양을 작게 축소했다는 점이었다.

거기다 이 비검들은 그 강도가 대단해 검기를 일으키면 쇠조차도 뚫을 정도였다. 그중 하나는 적색을 띠고 있었는데 백 개의 비검 중 마지막 하나로, 그 크기가 조금 작았다. 하지만 떨어지는 낙엽조차 날에 닿으면 저절로 잘릴 정도의 예기를 지닌 물건이었다. 적혈비(赤血匕)라는 것으로, 구법의 독문 병기였다. 홍천은 각각마다 자신만의 독문 병기가 있는데 구법은 이 적혈비였다. 물론 운소명도 갖고 있었으나 이번에는 가지고 오지 않았다.

허리띠를 매고 단도를 엉덩이 위로 찼다. 그렇게 무기를 숨겼다. 앞에서 본다면 아무것도 들고 있지 않은 사람처럼 보일 것이다. 곧 그 위로 갈색의 포의를 입었다.

상자를 닫은 운소명은 자신의 짐을 꺼냈다. 작은 가죽 주머니가 다였는데 주머니를 열어 붉은색이 감도는 물고기 비늘 같은 띠를 꺼냈다. 작은 띠는 혈아(血牙)라는 이름을 가진 것으로, 오른 손목에 찼다. 총 구십구 개의 손톱 모양의 비늘이 촘촘히 박혀 있는 것으로, 누가 만들었는지는 알지 못했다. 단지 그게 천하에서 가장 무서운 병기 중 하나라는 것만 알고 있었다. 그리고 광천폭을 사용하는 병기가 바로 혈아였다.

혈아는 구십구 개의 실제 사람의 손톱으로 만들었다고 한다. 특수하게 가공한 것으로 쇠보다 단단하며 그 빛깔이 붉어 혈아라 부른 것이다.

또한 혈아의 손톱 하나하나마다 쇠도 끊을 수 없다는 천잠사가 감겨져 있었다. 펼치고 회수하는 데 용이하게 한 것이다. 하지만 그로 인해 그 사용법이 너무 힘들고 까다로웠다. 혈아뿐만 아니라 천잠사도 제어를 해야 했기 때문이다. 그래서 제대로 익힌 사람이 드물었다고 한다. 하지만 천잠사로 인해 자유로운 혈아의 운용이 가능해진 점도 있었다. 운소명은 광천폭을 익히기 위해 꽤 오랫동안 노력했던 기억을 떠올렸다. 그리고 그 뛰어난 위력 역시 잘 알고 있었다.

한번 펼치면 구십구 개의 혈아가 사방의 적을 향해 날아간다. 그 속도는 빛과도 같았으며 상대는 그저 작은 혈점만 확인할 뿐이었다. 그리고 그 혈점을 보는 순간 상대는 죽임을 당한다. 다수의 적을 상대할 때 가장 유용한 무기 중 하나가 분명했다.

하지만 그런 혈아도 치명적인 약점이 있었다. 다른 게 아니라, 한번 펼치면 두 번 다시 펼칠 수 없다는 점이었다. 회수할 때 일일이 하나씩 천잠사를 말아가면서 회수할 수가 없기 때문이다. 한번 펼친 후 팔목에 묶어 회수하고 하루 정도 날을 잡아 일일이 정리해야 했다. 그게 단점이라면 단점이었고, 단한 번만 펼칠 수 있다는 것도 단점이었다. 하지만 그 한 번으로 생명을 구한다면 충분히 가치있는 노동이었다.

다각! 다각!
마차가 대영장의 대문을 지나 대로에 들어서는 모습을 멀리서 지켜본 운소명과 구법은 이내 서로의 눈을 쳐다보며 고개를 끄덕였다.

먼저 움직인 것은 구법으로, 그는 미리 짜놓은 작전대로 자신의 임무를 위해 움직였다. 운소명이 일을 마치고 나올 퇴로를 준비해야 했기 때문이다.

살수 한 명만 움직인다고 모든 게 해결되는 것이 아니었다. 조력자가 있어야 했고, 서로 손과 발이 맞아야 했으며, 살수가 이곳에서 일을 시행하고 있을 때 조력자는 악양성 밖에 마차를 준비해야 했다.

'날씨 좋군.'

운소명은 노을 지는 하늘을 바라보며 잠시 중얼거렸다. 그렇게 시간이 어느 정도 흐르자 구법이 일을 마치고 옆으로 돌아왔다. 그가 돌아오자 운소명은 곧 신형을 움직였다.

노을 지는 저녁 하늘을 사이에 두고 늘어선 은행나무 숲에 모습을 나타낸 운소명은 천천히 걸음을 옮겼다. 그의 얼굴은 하오문의 좌사이자 이곳 대영장의 총관으로 변해 있었으며, 느긋한 걸음걸이 역시 비슷했다.

안으로 들어가는 몇 개의 문을 지날 때마다 운소명은 미리 만든 신패를 통해 쉽게 들어갈 수가 있었다. 신분도 확실하고 자주 보는 얼굴이기에 신패까지 확인할 필요가 없었으나 지금은 때가 때인지라 일일이 확인하고 있었다.

"벌써 오셨습니까?"

장주의 거처인 대화원의 정문을 지키던 무사가 신패를 확인하며 물었다. 운소명은 가볍게 고개를 끄덕이며 안으로 들어갔다. 아직 목소리까지 변조할 수가 없었기 때문이다. 대답을 한다면 목소리가 다르다는 것을 알게 되기 때문에 의심할 수가 있었다. 다행히 문을 지키던 무사들은 별 의심 없이 운소명이 지나가는 것을 잡지 않았다. 그만큼 완벽한 좌사의 모습이었기 때문이다.

촤륵!

시비의 안내를 받아 주렴을 헤치고 들어서자 의자에 앉아 있는 봉천악의 모습이 운소명의 눈에 들어왔다. 봉천악은 시선을 돌렸다.

"일찍 왔구나?"

운소명은 재빠르게 고개를 숙였다.

핏!

"……!"

순간 봉천악의 눈동자가 부릅떠졌다. 단도를 든 운소명의 신형이 눈앞에 나타났기 때문이다. 동시에 운소명의 그림자가 봉천악의 옆을 지나치고 있었으며 단도가 봉천악의 목젖

부근에 닿았다.

쩡!

도가 목에 닿았는데 금속음이 터져 나왔다.

"……!"

운소명은 봉천악의 목을 자르는 자신의 도를 타고 전해지는 강력한 반탄력에 입술을 깨물며 지나쳤다.

팍!

공기의 흐름이 마치 백색 선처럼 흐릿하게 방 안에 그려지더니 운소명의 신형이 멈춘 순간 사라져 갔다. 은살삼도(銀殺三刀)의 일도인 섬살도(閃殺刀)였다.

'외가기공! 설마… 금강불괴란 말인가!'

운소명은 안색을 굳혔다. 흐릿한 선이 사라지자 봉천악은 목을 좌우로 흔들며 일어섰다.

운소명은 안색을 굳히며 자신의 단도를 쳐다보았다. 단도는 쩌적! 하는 소리와 함께 마치 엿가락처럼 조각나 떨어졌다. 고개를 들어 봉천악을 쳐다보자 그의 목엔 가느다란 혈선만이 그려져 있었다. 잘린 게 아니라 살이 살짝 부은 것뿐이었다.

츄악!

순간 봉천악의 등 뒤에서 피가 튀어 오르며 시비의 신형이 바닥에 쓰러졌다. 단도를 뽑는 순간 이미 시비의 목을 뚫은

뒤 몸을 날린 것이었다. 그 빠르기가 눈으로 쫓기 힘들 정도
였다. 봉천악은 안색을 굳히며 운소명을 쳐다보았다.

"대범한 놈이군."

운소명은 잠시 어이없다는 듯 봉천악을 쳐다보았다. 설마
하니 도가 조각날 줄은 몰랐기 때문이다. 도기로 감싼 도였
다. 그런 도가 살조차 베지 못하고 부러진 것이다. 놀라지 않
는 게 오히려 이상할 것이다. 그만큼 봉천악의 호신강기가 강
하다는 증거였다.

"사람이 아니라 무쇠인가?"

운소명은 오른팔을 들어 이리저리 움직이며 중얼거렸다.
아직까지도 어깨의 반탄강기에 당한 충격이 남아 있는 것 같
았다.

"흥! 건방진 놈."

슈악!

순간 봉천악의 신형이 앞으로 움직이며 운소명의 머리를
향해 일권을 쳐왔다. 마치 무쇠 망치가 날아오는 것 같은 강
력한 소리에 운소명은 안색을 굳히며 신형을 움직였다. 순간
봉천악의 안색이 굳어졌다. 운소명의 신형이 다섯 개로 늘어
났기 때문이다. 그리고 전후좌우에서 장을 쳐왔으며, 머리 위
에서 백회혈을 향해 일장이 날아들었다. 그 한순간에 일어난
일수에 봉천악은 놀랄 수밖에 없었다. 피할 곳이 없었기 때문

이다.

콰콰쾅!

강력한 폭음 소리와 함께 봉천악의 상의가 걸레조각처럼 찢겨져 나갔다. 흔들리는 봉천악의 육체가 잠시 멈추더니 곧 신형을 돌렸다. 그런 봉천악의 눈동자에서 분노와 함께 강력한 살기가 쏟아져 나왔다.

"큭!"

뒤로 물러선 운소명은 양손을 털었다. 자신의 혈정마장을 받고도 그대로 서 있다는 것 자체가 대단해 보였고, 오히려 자신의 손이 마비가 된 것처럼 고통을 호소하자 놀랍다는 생각이 들었다.

"도대체……."

운소명은 그의 호신강기가 어느 정도인지 감이 잡히지 않았다. 마치 금강불괴를 상대하는 것 같은 기분이 든 것이다.

'보고와는 수준이 달라도 너무나 달라.'

봉천악의 무공을 어느 정도 예상은 했지만 자신의 예상보다 훨씬 웃도는 실력을 지니고 있었다. 찰나의 순간이지만 갈등이 일어났다. 지금 당장 후퇴하는 것과 다시 한 번 빈틈을 노려보는 것, 둘 중에 하나의 결단이 필요했다.

지금 후퇴한다면 임무는 실패하게 될 것이다. 그렇다고 다음의 한 수에 끝장을 낼 수 있다는 확신이 서지도 않았다.

"살수의 무공치곤 제대로 된 내공을 수련한 것 같군. 그렇지 않고서야 내 몸이 아플 리가 없을 테니 말이네."

봉천악은 의외로 그 위력이 대단하다는 것에 적지 않게 놀라고 있었다. 하지만 그것도 잠시였다. 드러난 상체는 마치 바위처럼 보이는 단단한 근육 덩이였다. 봉천악은 살기 어린 미소와 함께 주먹을 들었다.

숙!

일권이 운소명을 향해 날았다. 운소명은 순간 몸을 웅크리곤 뒤로 날았다.

콰쾅!

폭음과 함께 벽이 허물어지고 운소명의 신형이 튕겨 나오자 그 주변으로 수많은 무사들이 포위망을 구축한 채 운소명을 노려보고 있었다.

하지만 운소명은 그들을 쳐다보지 않았다. 그의 시선은 잠시 뒤를 향했으며, 담벼락과 함께 십여 그루의 나무가 쓰러진 모습을 확인하였다. 방 안에서 날린 일권이 십 장 거리까지 날아가 그 주변에 있던 모든 것을 초토화시킨 것이다. 엄청난 위력이었다.

소림의 백보신권인가 하는 착각이 들었다. 그 정도로 강력한 위력이었으며 살짝 스쳤을 뿐인데도 온몸이 욱신거려 왔다.

"흑왕권(黑王拳)."

운소명은 무너진 벽 사이로 모습을 보인 봉천악의 검은 양 손을 쳐다보았다. 그의 양손은 마치 검은 운무가 피어나는 것 같은 모습을 보이고 있었다.

운소명은 흑왕권에 대해선 대충 알고 있었다. 이미 어릴 때 부터 중원에 널린 수많은 무학에 대한 전반적인 지식이 있었 기 때문이다. 그중에서도 흑왕권은 사파제일의 권법 중 하나 로, 그 위력은 소림의 권공과 비슷하다고 들었다.

"쯧! 늦었군."

운소명은 안색을 찌푸리며 이미 후퇴할지에 대한 결정이 늦었음을 인식했다. 너무 많은 눈이 그를 쳐다보고 있었기 때 문이다.

"죽여 버려."

봉천악의 짧은 목소리에 일제히 호위무사들이 달려들었 다. 그 모습에 운소명은 오른손을 앞으로 내밀어 주먹을 쥐었 다.

쉬아악!

바람 소리와 함께 날아드는 호위무사들의 모습을 눈에 담 으며 오른손에 전신의 모든 기를 모았다. 그리고 달려드는 무 사들과 거리가 일 장 정도로 좁히는 순간, 오른손을 하늘로 치켜올렸다.

휘리리릭!

순간 회오리치는 바람과 함께 구십구 개의 혈아가 원을 그리며 허공중에 솟구쳤다. 그 작은 점들의 모습이 사람들의 눈엔 마치 붉은 나비가 몰려드는 것처럼 보였다. 봉천악은 그 모습에 놀라 눈을 부릅떴다. 마치 꿈에서나 볼 것 같은 모습이었기 때문이다. 그리고 어디선가 붉은 점들에 대해 들어본 것 같은 기분이 들었다.

그 순간 운소명의 손이 바닥으로 떨어졌으며, 혈아의 붉은 점들이 전방을 향해 쏘아져 나가다 어느 순간 사방으로 퍼졌다.

퍼퍼퍼퍽!

살을 뚫고 들어가는 혈아의 소리와 함께 달려들던 무사들은 전신을 떨기 시작했다. 오십에 가까운 무사가 무기를 든 채 뜬눈으로 운소명을 쳐다보고 있었다. 그런 그들의 전신엔 혈아와 연결된 천잠사가 백색의 투명한 빛을 발하고 있었다. 대다수의 혈아가 상대의 몸을 뚫고 뒤로 튀어나간 것이다.

운소명은 오른손에 힘을 주어 혈아를 뒤로 당겼다.

"크악!"

퍼퍽!

이번엔 비명성과 함께 다시 한 번 타육음이 들렸으며 운소명의 머리 위로 붉은 점들이 마치 나비가 춤을 추듯 흔들리며 모여들었다.

파파팟!

혈아와 혈아가 부딪치며 일어나는 소음에 운소명은 재빠르게 봉천악을 향해 날아들며 오른손을 뻗었다.

슈아아악!

순간 혈아가 운소명의 머리를 넘어 봉천악을 향해 날아들었다. 봉천악은 그저 놀란 표정으로 한순간에 쓰러진 수하들의 모습을 쳐다보고 있었다. 그런 가운데 날아든 혈아의 모습에 이빨을 깨물며 부동자세와 함께 일권에 기를 모았다. 그의 눈에 혈아가 마치 벌 떼처럼 보였다. 뭉쳐진 것이다.

슈악!

순간 검은 기류가 그의 오른 주먹에 감기더니 뭉친 혈아를 향해 내질러졌다.

쾅!

강력한 검은 기운과 혈아가 부딪치자 검은 기운의 강맹함을 이기지 못한 혈아가 사방으로 퍼지면서 허공으로 솟구쳤다. 순간 운소명의 신형이 봉천악의 턱밑까지 다가왔다.

"이놈!"

봉천악은 왼손을 뻗어 운소명의 이마를 찍어갔다. 하지만 운소명의 그림자는 흐릿하게 사라지더니 어느 순간 봉천악의 눈이 부릅떠지며 자신도 모르게 입을 벌려야 했다.

“컥!”

비검 하나가 턱을 뚫고 혀까지 뚫은 채 솟아 나왔기 때문이다. 허리에 차고 있던 구법의 독문 병기인 적혈비를 쓴 것이다. 적혈비의 예기였기에 턱을 뚫을 수가 있었다. 봉천악은 고통 속에 머릿속의 사고가 정지된 것 같았다.

“커억! 컥!”

봉천악은 흘러나오는 피를 마시느라 정신이 없었다. 그 순간 부릅뜬 그의 눈 속으로 날카로운 비수가 날아들었다.

퍼퍽!

“크륵!”

양 눈에 꽂힌 비수는 뒤통수로 튀어나왔다. 봉천악의 전신은 크게 흔들리기 시작했으며, 그 순간 운소명의 양손이 봉천악의 머리를 잡고 한 번의 회전과 함께 그의 뒤로 뛰어넘었다.

뿌드득!

봉천악의 얼굴이 등으로 돌아가자 운소명은 피에 젖은 봉천악의 얼굴을 쳐다보았다. 하지만 그것도 잠시뿐, 그의 얼굴에 박힌 두 개의 비수와 하나의 적혈비를 재빠르게 회수했다.

“네 이놈!”

슈아아악!

그때였다. 거대한 외침성과 함께 무너진 벽 안 너머에서 강력한 폭풍이 날아들었다. 운소명은 그 속에 있는 자가 자신의 얼굴과 똑같이 생긴 좌사라는 것을 확인했다. 그리고 그의 검 끝이 닿으려는 순간 운소명의 입가에 미소가 걸렸다.

퍽!

"……!"

좌사의 안색이 굳어졌다. 자신의 검이 봉천악의 쇄골 사이를 뚫었기 때문이다. 너무나 놀라 저도 모르게 검을 놓았다. 그 순간 운소명의 신형이 담장 위에 있다는 것을 확인했다.

"무얼 하느냐! 쫓아라!"

그제야 정신을 차린 무사들이 일제히 운소명을 향해 날아들었다.

쉬쉬쉭!

바람 소리와 함께 수많은 무사들이 사라지는 모습을 확인한 좌사는 곧 떨리는 시선으로 봉천악의 얼굴을 쳐다보았다. 믿을 수가 없다는 듯 좌사는 온몸을 떨었다. 봉천악의 무공이 어느 정도인지 잘 알기 때문에 더욱 믿을 수가 없었다. 그런 그가 한낱 살수에게 죽다니, 말이 안 되었다. 거기까지 생각되자 마음이 차분하게 가라앉게 되었다.

"그림자 중 하나일 뿐이야."

순간 좌사는 입술을 깨물며 신형을 돌렸다. 그런 그의 손엔 어느새 검이 들렸으며, 검끝이 나타난 우사의 목 앞에 멈춰

섰다.

"우사로군."

좌사는 우사의 회색 얼굴을 확인하자 검을 거두었다.

"자네는 가끔 눈으로만 세상을 보는 것 같네. 설마하니 문주님이 한 명이라 생각했나?"

좌사는 그 말에 안색을 굳혔다.

"그럼 내가 지금까지 모시던 분이 가짜라는 말인가?"

"아니. 그건 아니네. 지금까지는 진짜였지만 지금은 가짜라는 것이지."

좌사는 굳은 안색으로 우사를 향해 다시 물었다.

"자네는 대답을 잘해야 하네. 마음 같아서는 당장에라도 자네를 죽이고 싶으니까 말이야."

"이런… 잠시 속인 게 그렇게 화낼 일이었나?"

"문주님은 어디에 계시나?"

좌사가 우사의 말을 무시하며 묻자 우사는 미소와 함께 흐릿하게 변해갔다.

"반 시진 전에 출타하셨지. 자네보고 무한으로 오라 하시더군. 그곳에서 기다리면 만날 수 있을 것이네. 볼일이 좀 있다고 혼자 가셨으니까. 나조차도 버리고 말이야. 후후후."

우사의 목소리가 사라지자 좌사는 인상을 찌푸리며 시신으로 변해 버린 봉천악의 얼굴을 만져 보며 이리저리 살피기 시작했다.

"아무리 봐도 똑같단 말이야."

좌사는 중얼거리며 우사에게 창피를 당한 감정을 추스르려 했다. 우사는 알고 있는데 자신은 모른다는 게 서운하기는 했지만 문주인 봉천악이 무사하다면 더 이상 바랄 게 없었다.

第五章

충성을 맹세했었다

紅
一
天
홍천

중요한 건 악양성을 벗어나는 일이었다. 구법이 마련한 퇴로를 따라 옷을 갈아입고 빠르게 움직였다. 성문은 관군으로 가득 차 나가는 사람마다 일일이 신분을 검사하고 있었다. 운소명은 미리 준비한 호패를 보이며 성문을 빠져나왔다.

대로를 따라 걷던 운소명은 수풀 사이에 마련된 마차를 발견하고 걸음을 옮겼다. 마차에 오르자 구법이 기다리고 있었다.

다각! 다각!

마차는 천천히 대로를 따라 북상하기 시작했다.

"일은 어찌 되었소?"

"홋!"

운소명은 그저 가볍게 미소만 보였다. 하지만 그것으로 대답을 한 것이라고 구법은 생각했다. 구법 역시 만족한 표정으로 미소를 그리며 말했다.

"확실히 신속하고 정확한 것 같소. 예상보다 늦을 거라 생각했는데……."

해가 다 진 서쪽 하늘에선 천천히 어둠이 밀려오고 있었다. 운소명은 허리띠를 풀어 구법에게 건네주며 말했다.

"적혈비가 큰 도움이 되었네."

"도움이 되어 다행이오."

구법은 혹시 몰라 자신의 적혈비를 운소명에게 빌려주었었다. 딱히 다른 뜻이 있어서가 아니라 항상 만약이란 상황이 있기 때문이었다. 다른 사람이라면 빌려주지 않았겠지만 상대가 일호라면 달랐다. 빌려주는 것만으로도 빚이 하나 생기기 때문이다. 자신에게 필요한 빚이라면 만들어두는 게 좋다고 여긴 구법이었다.

슥!

구법은 적혈비와 비검이 달린 허리띠를 차곤 천천히 말했다.

"요즘 너무 바쁘게 지내시는 것 아니오? 백화성에서 돌아온 지 얼마 되지도 않아 이곳으로 왔으니 말이오.”

“어차피 할 일도 없었어.”

운소명의 중얼거림에 구법은 고개를 끄덕였다.

“저는 다른 일이 있어 이만 실례해야 할 것 같소.”

“그런가?”

운소명의 시선에 구법은 슬쩍 웃으며 말했다.

“아무래도 일이 터진 모양이오. 그리고 마부의 처리도 좀 부탁하오.”

운소명은 선선히 고개를 끄덕였다. 곧 구법의 신형이 바람처럼 사라지자 홀로 마차 안에 남은 운소명은 눈을 감고 잠을 청했다.

죽은 자는 말이 없다고 했던가. 우사는 죽어 있는 마부를 쳐다보며 안색을 찌푸렸다. 마차 안에서 튀어나온 날카로운 물건이 마부의 목을 뚫고 지나가 있었다. 그 뚫린 두께가 너무나 얇아 목이 뚫린 자리엔 피조차 흐르지 않았다.

마차는 이미 텅 비어 있는 상태였고, 해는 중천에 떠올라 있었다.

“빌어먹을…….”

우사는 자신이 놓쳤다는 것을 쉽게 인정하고 싶지 않은 듯 침을 바닥에 뱉었다.

스륵!

우사의 신형이 바람처럼 사라졌다.

배는 구강에 닿았고, 구강에서 육로로 무림맹에 복귀한 시간은 막 해가 진 저녁이었다. 운소명은 소리없이 장서원으로 들어왔다.

막 장서원의 어두운 기둥 속에 몸을 숨기던 운소명은 잠시 눈을 크게 뜨고 앞을 쳐다보았다.

장서원의 창문 틈으로 들어온 황금빛 저녁 햇살과 남궁옥의 모습이 운소명의 눈을 가득 채우고 있었다. 남궁옥은 고개를 살짝 숙인 채 책을 보고 있었다. 서가의 한쪽에 서 있는 그녀는 무아지경에 빠진 듯 시선을 고정시킨 채 움직이지 않았다.

사락!

책장 넘어가는 소리가 조용한 장서원의 서가 안에 울렸다.

그녀가 마치 책 속에 피어난 꽃 같다는 생각이 든 것은 왜일까? 운소명은 익숙지 못한 상황에 안색을 찌푸리며 소리없이 신형을 움직였다. 순간 자신도 모르게 은신술을 펼쳐 어둠 속에 숨었다.

"여기 있었구나."

부드러운 목소리와 함께 서가 안으로 남궁진이 들어왔다.

남궁진의 모습을 발견한 남궁옥은 밝게 미소 지었다.

"오라버니."

"저녁도 거를 생각이었느냐?"

"죄송해요. 저도 모르게……."

"하하! 아니다, 아니야. 좋아하는 것을 막을 수는 없지 않느냐?"

남궁진의 말에 남궁옥은 얼굴을 붉히며 고개를 숙였다. 그러자 남궁진은 장난스러운 미소와 함께 말했다.

"이 오라비는 배가 고픈데?"

"아! 죄송해요. 어서 가요."

"필요한 책이라도 있으면 빌려가서 읽거라. 내일 가져다 주면 되지 않느냐?"

"안 그래도 챙겨두었어요."

남궁옥은 미소와 함께 옆에 쌓아둔 몇 권의 책을 품에 안고 남궁진과 함께 걸어나갔다. 그들이 나가는 뒷모습을 한참 동안 쳐다보던 운소명은 그림자 속에서 모습을 보였다.

슥!

한 걸음 내디딘 운소명은 남궁옥이 서 있던 자리에서 책을 들었다. 좀 전에 남궁옥이 보던 책이었다.

'운하비록(雲霞秘錄)… 구름과 노니는 비밀스러운 기록이라…….'

운소명은 애정소설임을 알곤 가볍게 미소 지었다.

"이상하다는 생각이 들지 않으세요?"

운소명은 옆에 서 있는 문청청에게 시선을 한 번 던진 후 책장을 넘겼다.

"남매처럼 보이지 않아요. 마치 연인 같다고 할까? 둘이 떨어져 있는 모습을 거의 본 적이 없는 것 같아요. 사형도 이상하다는 생각이 들지 않으세요?"

"설마… 남매가 서로 사랑한다는 말을 하고 싶은 것이냐?"

"맞아요."

"……!"

순간 운소명은 책을 덮으며 시선을 들었다. 문청청은 운소명의 시선이 닿자 살짝 미소 지었다.

"물론 알고 있는 사람은 천하에 저 혼자예요."

"호오……."

세상 사람들이 알면 뒤집힐 이야기를 문청청은 거리낌없이 하고 있었다. 그 사실이 얼마나 대단한 정보인지 마치 모르는 사람처럼. 만약 이게 소문이라도 난다면 남궁세가뿐만 아니라 전 강호가 흔들릴 것이다.

"이상하다고 생각해서 잠시 따라다녀 본 것뿐이에요."

운소명은 가볍게 웃으며 다시 책장을 펼쳤다. 그러자 문청청이 아미를 찌푸리며 말했다.

“거짓말이 아니에요.”

“누가 뭐래?”

“그 반응은 도대체 무슨 뜻이에요?”

슥!

운소명은 품에서 신패를 꺼내 문청청의 앞에 내밀었다. 문청청은 그 신패를 손에 쥐곤 이리저리 확인했다.

“탁본들이 이곳에 다 있다고 들었는데?”

그 말에 문청청은 안색을 굳히더니 이내 화난 표정으로 중얼거렸다.

“구법, 이 망할 새끼가…….”

“나도 모르는 비밀이 꽤 돼는 것 같군그래.”

“죄송해요. 알리지 말라는 명이 있었기 때문에 알리지 않은 것뿐이에요.”

“누가?”

시선이 닿자 문청청은 창밖을 쳐다보며 말했다.

“맹주님이요.”

“음…….”

운소명은 더 이상 말을 하지 않았다. 맹주의 명이라면 지엄했으며 절대적이었기 때문이다.

“너무 조용하군.”

“뭐가요? 하오문주가 죽은 일 때문인가요? 그건 당연한 일이에요. 하오문 자체가 조용한 곳이니 소문이 날 일이 없잖아요."

운소명은 가볍게 웃으며 책을 펼쳐 들었다.

"여기 쓰여 있는 말을 읽은 것뿐이야. 그리고 오늘따라 이곳도 조용하고……."

"계속 서 있을 거예요?"

문청청이 신형을 돌리며 말하자 운소명은 책을 품에 넣으며 말했다.

"가지."

"두 달 만이군요."

문청청은 두 달 만에 돌아온 운소명을 쳐다보며 중얼거렸다. 그 목소리가 낮자 운소명은 안색을 굳혔다.

"문제라도 있나?"

"너무 빠른 게 문제죠."

"오라고 기다리는데 안 갈 수가 없더군."

문청청은 대충 구법을 통해 상황을 들었기 때문에 운소명의 말을 충분히 이해했다. 시간을 들인다고 해서 되는 일이 있고 안 되는 일도 있는 법이었다. 운소명은 다른 말도 하고 싶었으나 말을 아꼈다. 그것은 상대가 자신을 기다리는 것 같다는 말이었다.

"위에서는 만족해하는 것 같아요."

"다행이군."

운소명은 차를 마시며 고개를 끄덕였다.

"단지 일이 좀 생겼다는 것을 제외하곤⋯⋯."

"단지?"

"백면호리가 납치당한 것 같아요. 끌려가는 방향을 봐선 백화성이 분명한데⋯⋯."

문청청은 슬쩍 시선을 들었다. 백면호리는 기본적인 역용술을 모든 홍천 대원들에게 가르쳐 준 사람으로, 홍천의 모든 인원을 알고 있는 사람이었다. 그만큼 중요한 인물이란 뜻이었다.

"그래서 조용했군."

문청청은 고개를 끄덕였다.

"모두 떠났어요. 하는 일을 잠시 중단하고요. 저는 이곳을 지켜야 했기 때문에 남았고요."

"구법도 갔나 보군."

문청청은 고개를 다시 한 번 끄덕였다. 운소명은 자신과 급하게 헤어진 구법을 떠올렸다. 백면호리의 구출이라면 홍천의 모든 대원이 달려들 만한 일이었기 때문이다.

"나도 가야 하는 건가? 하긴, 그럴 필요는 없겠지. 백화성에 잡힌 것이 사실이라면 백면호리는 필시 자결할 테니. 아니면 우리 중에 누군가 가서 죽이든가.”

운소명의 말에 문청청은 고개를 끄덕이며 말했다.

“그래요. 거기다 사형은 다른 일을 좀 해야 할 것 같아요.”

“다른 일?”

“네.”

문청청은 고개를 끄덕이며 차분한 목소리로 말을 이었다.

“얼마 전 하오문의 육대회 중 하나인 살명회가 괴멸당했어
요.”

“잘된 일이군. 우리의 수고 중 하나가 줄었으니…….”

문청청은 슬쩍 미소를 보이며 다시 말했다.

“문제는 살명회의 괴멸이 아니라 그들을 괴멸시킨 인물들
이에요. 단 세 명이서 괴멸시켰으니까요.”

“……!”

운소명은 그 말에 잠시 굳은 표정으로 문청청을 쳐다보았
다. 단 세 사람만으로 괴멸시킬 수 있을 만큼 가벼운 곳이 아
니었기 때문이다. 중원 최대의 살수 조직 중 하나인 살명회였
다. 무엇보다 하오문이라는 중원 최대의 정보 조직에 속한 곳
이라 다른 살수 조직보다 무서운 곳이었다. 아는 것이 많기
때문이다. 그런 곳이 단 삼 인에게 무너졌다면 심각한 일이
분명했다.

“어떻게 알았지?”

“살명회를 감시하던 밀영대가 살명회에서 유일하게 살아남은 한 명을 구해서 알게 되었어요.”

“그자는?”

“죽었죠.”

운소명은 안색을 찌푸렸다.

“그자가 죽기 전까지 알아낸 게 몇 가지 있는데, 단 삼 인이었다는 것과… 서로를 암화(暗花)라고 부른다는 것이에요.”

“음…….”

“제가 나름대로 조사한 바로는 백화성에 암화라는 조직은 없어요. 그런데… 살명회를 괴멸시킨 곳은 백화성이에요. 그건 사형이 제게 알려준 정보로 쉽게 짐작할 수 있는 문제예요.”

운소명은 고개를 끄덕였다. 무천회주가 살명회의 총단에 대해 보고한 내용을 알기 때문이다. 그리고 그 내용을 문청청에게 알린 것도 자신이었다.

“그래서 문제는?”

“그 삼 인이 현재 중원에 남아 있다는 것이죠.”

운소명은 대충 무엇을 말하는지 알 것 같았다. 그러자 문청청이 빠르게 다시 말했다.

“그 세 명이 누구인지 조사해 볼 필요가 있을 것 같아요. 그게 아니더라도 괴멸된 살명회의 총단을 조사해서 그들이 사용한 무공에 대해 파악할 필요도 있고요."

"나 혼자 가는 건가?"

"아니요. 이번 일 때문에 부른 사람이 있어요."

"육호로군."

문청청은 그 말에 미소 지었다. 홍천 내에서 가장 뒷조사에 뛰어난 인물이 육호였기 때문이다.

"아! 그리고 맹주님께서 찾으세요."

운소명은 그 말에 안색을 굳혔다. 맹주는 웬만한 일이 아니면 자신을 찾지 않았기 때문이다. 대다수의 일은 모두 삼호인 문청청을 통해 전달해 주었다.

"지금?"

"네. 지금."

"알았다. 어디에 계시지?"

"지금 시간이면 저녁을 드시고 아마 서재에 계시겠죠?"

운소명은 자리에서 일어서며 물었다.

"육호와 출발은 언제지?"

"천천히 가셔도 되요. 어차피 육호의 시간에 맞추어야 하니까요."

문청청의 말에 운소명은 곧 밖으로 나갔다.

*　　　*　　　*

천하를 손에 쥔 주인이라 해도 과언이 아닐 인물이 있다면 단연 사람들은 그를 꼽았다.

무림맹주 무황(武皇) 조화신협(造化神俠) 유수월.

그는 삼십 년 동안 중원무림을 다스렸으며 평화를 유지시켜 왔다. 또한 백화성과의 관계도 과거와는 다르게 상당히 개선해 나가고 있는 인물이었다. 평화를 사랑하고 백화성과도 서로 동고동락하면서 지내야 한다고 늘 주장하는 인물이었다. 그래서 조화신협이라 불렸다.

백발에 백염을 기른 유수월의 주름진 눈은 세월을 그대로 나타내고 있는 것 같았다. 그는 환갑이 지나 이제 칠순을 바라보고 있는 할아버지였으며 아버지이기도 했다. 산동유가의 전대 가주였고, 현 가주의 아버지인 그는 무림맹주가 되면서 가주의 자리를 아들에게 물려주었다.

서가에 앉아 책을 읽고 있는 유수월의 앞에는 눈에 넣어도 아프지 않을 손녀가 앉아 있었다. 그녀는 고운 손으로 수를 놓고 있었는데, 그 모습 또한 여성스럽고 아름다웠다. 강호사미 중 한 명인 그녀는 유수월의 손녀인 화향미인(花香美人) 유정향이었다. 마치 그림 속에 그려진 그림 같은 여자였다.

"할아버지는 왜 창포 꽃을 좋아하세요?"

유수월은 유정향의 질문에 책을 읽다 고개를 들었다. 그러자 유정향은 수를 놓던 바늘을 놓으며 미소 지었다. 그녀는 창포가 완성된 상의를 펼쳐 보였다. 백색 소매엔 그녀가 그린 창포가 정교하게 수놓아져 있었다. 그 모습에 유수월은 미소를 그렸다.

"꽃을 그리려고 하는데 그냥 궁금해서요?"

"내가 창포 꽃을 좋아한다고 말했던가?"

"네."

유정향의 대답에 유수월은 수염을 쓰다듬으며 잠시 시선을 창밖으로 돌렸다. 작은 호수엔 창포가 푸른색을 띠고 있었다. 유수월은 웃으며 말했다.

"나도 잘 모르겠구나. 좋아하는 데 이유가 필요하느냐?"

"할아버지도 참, 이제 꽃만 그리면 완성이에요. 꼭 입고 다니셔야 해요?"

"허허! 물론이다. 누가 그린 것인데 소홀히 하겠느냐?"

"약속하셨어요?"

"물론이지."

유수월은 웃으며 사랑스러운 눈으로 유정향을 쳐다보았다. 유정향은 죽은 처와 너무 흡사하게 닮았다. 그래서 그런지 더욱 소중하고 사랑스러운지도 모른다.

"이제 해가 지니 너도 그만 가보아라. 이 할아비는 할 일이 좀 있구나."

"제가 있으면 안 되는 일인가요?"

궁금한 표정으로 유정향은 눈을 동그랗게 뜨고 쳐다보자 유수월은 저도 모르게 웃음을 보였다.

"허허!"

유수월은 유정향의 어깨를 두드리며 일어섰다.

"내가 문까지 배웅하마."

"피! 아니에요. 어떻게 그렇게 해요."

서운한 듯 일어선 유정향은 곧 깊게 인사하며 말했다.

"내일 또 올게요."

"그래, 그렇게 하려무나."

유수월의 부드러운 목소리에 유정향은 미소를 보이며 밖으로 걸어나갔다. 그녀가 나가자 그녀의 뒤로 시비들이 따라 붙었다.

쪼르륵!

홀로 앉아 차를 따라 마시며 창밖을 쳐다보던 유수월은 조용히 중얼거렸다.

"내 손녀를 본 건 처음인가?"

"그렇습니다."

유수월은 자신의 뒤에 부복한 운소명의 존재를 이미 알고 있었기에 놀라지 않았다.

"예쁘지 않은가?"

"예."

운소명은 짧게 대답했다. 하지만 진심이 담긴 대답이었다. 흔한 미인이 아니었기 때문이다. 유수월은 자리에서 일어나 창가에 팔을 기대며 호수에 늘어선 창포를 쳐다보았다.

"죽은 내 처를 너무 닮았어. 그녀도 창포를 좋아했지. 꽃이 소중하다고 말이야."

가만히 중얼거린 유수월은 먼 산을 쳐다보았다. 과거를 떠올리는 것 같았다. 하지만 떠올리기만 할 뿐, 더 이상의 말은 없었다. 고요한 공기가 주변에 흐르기 시작했다. 운소명은 아무 말 없이 그저 부복한 자세로 고개를 숙일 뿐이었다. 미동조차 없었다.

"내가 쓸데없는 말만 했군. 늙으면 주책이라더니……."

유수월은 쓰게 웃으며 신형을 돌렸다. 그의 눈에 부복한 운소명의 모습이 들어왔다.

"고생했네. 이번 일도 잘 마무리되었다고 들었네."

"감사합니다."

운소명의 딱딱한 목소리에 유수월은 수염을 쓰다듬었다. 곧 의자에 앉은 유수월은 천천히 말했다.

"자네를 부른 것은 한 가지 물어볼 것이 있었기 때문이네."

“예.”

“자네가 충성을 맹세한 것은 무림맹인가, 아니면 맹주인 나인가?”

운소명이 고개를 들자 유수월은 부드러운 미소를 보였다.

“궁금해서 물어보는 것이네.”

“둘 다입니다.”

“여전히 같은 대답이로군.”

“맹을 위해서라면 죽음도 각오하고 있습니다. 또한 맹주님의 명령이 지옥에 가라는 것이라면 두려움없이 갈 수 있습니다.”

유수월은 운소명의 대답에 만족한 듯 고개를 끄덕였다.

“자네는 늘 같은 대답이로군, 늘. 그리고 잘해주었지.”

“과찬이십니다.”

“앞으로도 기대하겠네.”

“존명.”

유수월의 고개가 끄덕여지자 운소명은 천천히 뒤로 걸어가더니 벽 속으로 사라졌다.

‘두 명이 더 있었다니…….’

운소명은 가산을 넘어가다 어둠 속에 잠시 멈춰 섰다. 무림맹주의 거처는 맹에서도 가장 깊은 곳이었고, 가산을 낀 거대한 정원을 지나야만 있었다. 그곳까지 가는 동안 지나쳐야 할 경비무사의 수만 이백이 넘었다. 그래도 이곳까지 와서 걸음을 멈춘 이유가 있다면 완벽하게 맹주인 유수월의 시야에서 벗어나기 위함이었다. 족히 백 장의 거리였다.

'누구란 말인가.'

운소명은 자신과 거의 동시에 두 명의 인물이 맹주인 유수월의 주변에 도착한 것을 알았다. 하지만 굳이 자신이 알고 있다는 사실을 표현할 필요는 없었다. 그런데도 이렇게 어둠 속에 멈춰 서서 고민하게 된 이유가 있다면 지금까지 단 한 번도 이런 일이 없었다는 점이다.

무엇보다 천하에서 가장 뚫기 어렵다는 무림맹을 손쉽게 뚫고 들어왔다는 점이 마음에 걸렸다. 그 정도의 인물이 굳이 어둠을 틈타 소리없이 와 있는 이유가 무엇일까? 맹주는 비밀이 많은 사람이었다. 또한 그 비밀 중의 하나가 자신이었다.

잠시 하늘을 쳐다보던 운소명은 이내 시각을 짐작하고 조용히 움직였다.

스륵!

그의 신형이 어둠 속에 스며들었다.

삼십 장이라는 큰 거리를 사이에 두고 어둠 속에 몸을 숨긴 운소명은 맹주의 거처를 쳐다보았다. 너무 거리가 멀어 새어

나오는 불빛 자체가 점처럼 보였으나 더 이상의 접근은 할 수가 없었다. 삼십 장의 거리까지 퍼져 나온 거미줄 같은 기운 때문이다. 맹주인 유수월의 기도였다.

그는 은연중 삼십 장까지 기도를 뿌리며 타인의 접근을 막고 있었다. 절정의 무인이라면 바로 읽어낼 수가 있을 정도였고, 일류고수라도 어느 정도 공기의 분위기를 읽을 수 있을 정도의 강함이었다.

그래서일까?

오십 장을 사이에 두고 경비무사가 물러선 상태였다. 운소명은 아슬아슬하게 무림맹주의 기운과 마주치는 지점에 몸을 은신하였다. 그리곤 최대한 기를 끌어모아 귀에 집중하였다. 그러자 수많은 밤공기의 소리가 마치 천둥처럼 들려왔다. 지청술을 펼친 것이다. 그 가운데 운소명은 무림맹주와 두 명의 인물에 대한 대화를 찾았다.

웅! 웅!

고막이 울리는 소리에 운소명은 안색을 찌푸렸다. 방 안의 공기가 차단되었기 때문이다. 그로 인해 목소리가 울리는 듯 들린 것이다. 완벽한 차단이었다. 아마도 맹주가 아닌 다른 사람이 그리하였을 것이다.

맹주는 주변을 감시하고 다른 인물들은 공기를 차단해 숨소리조차 방 안에서 흘러나가지 못하게 하고 있었다.

“……?”

유수월은 잠시 시선을 창밖으로 던졌다. 그러자 어둠 속에 서 있던 두 명의 인물도 시선을 던졌다.

“비가 오려나 보군. 별이 안 보이는 것으로 보니.”

가만히 중얼거린 유수월은 곧 시선을 돌려 두 명을 쳐다보았다.

“그래서 평가는?”

“역대 최고라는 말이 과대평가가 아니었습니다. 너무 쉽게 일을 처리해서 오히려 놀랄 지경입니다.”

고개를 끄덕인 유수월은 다른 한 명을 쳐다보았다. 그러자 붉은 나찰의 가면을 쓴 나찰녀가 말했다.

“마음에 들어요.”

유수월은 고개를 끄덕였다. 그의 시선이 다시 한 번 창밖으로 향했다.

우르릉!

순간 천둥소리가 들리더니 번개가 먼 산에서 번뜩였다.

“소나기면 좋으련만…….”

*　　*　　*

쏴아아아!

비가 오는 가운데 수많은 고루거각(高樓巨閣)을 지나치던 운소명은 지붕 밑에 잠시 앉았다. 이미 수십 번이나 무림맹을 드나들던 그이기에 경비무사들의 눈을 피하는 건 쉬운 일이었다. 무림맹을 지날 때 걸린다면 그것 역시 자신의 책임이었기에 그 자리에서 자결하는 것이 가장 현명한 방법이었고, 그렇게 배웠다. 물론 무림맹을 드나들지 못한다면 흉천이라 볼 수도 없었다.

저벅! 저벅!

다섯 명의 무사가 지나가는 것을 확인한 운소명은 그제야 몸을 움직였다. 그가 가는 곳은 무림관으로, 늘 그곳을 이용해 이동해 왔다. 무림관의 경비야 무림맹에 비해 적었으며 그곳에 기거하는 후기지수들의 무공 역시 맹 내의 인물들에 비하면 턱없이 부족했기에 움직이기가 수월했기 때문이다.

막 매원의 담장을 넘던 운소명은 잠시 걸음을 멈추고 불이 꺼진 매원의 모습을 둘러보았다. 잘 꾸며진 정원 사이로 그림처럼 세워진 집은 현재 남궁세가의 남매가 사용하고 있었다. 무림관에서 가장 좋은 이곳을 그들이 쓰고 있는 것이었다. 현무림에서 남궁세가가 차지하는 비중이 얼마나 지대한지 알 수 있는 일이었다.

스륵!

비가 오는 가운데 어둠 속에서 움직이는 작은 그림자를 발견한 운소명은 안색을 찌푸리다 이내 눈을 반짝였다. 다름 아닌 문청청이었기 때문이다. 운소명은 고개를 저으며 곧 장서원으로 향했다.

탁! 탁!

옷을 털며 들어온 문청청은 의자에 앉아 있는 운소명을 발견하곤 조금 놀란 표정을 보였다.

"언제 오셨어요?"

"반 시진은 된 것 같은데?"

"주무시지 않고요?"

문청청이 조금 상기된 표정으로 의자에 앉으며 말하자 운소명이 물었다.

"네게 그런 취미가 있는 줄은 몰랐는데?"

"네?"

"몰래 훔쳐보는 취미 말이야."

"……!"

문청청은 순간 얼굴을 붉혔다.

"사형도 본 거예요?"

"아니. 지나가다 네가 움직이는 것을 봤을 뿐이야."

“아…….”

문청청은 문득 운소명의 기척을 느끼지 못했다는 점을 생각했다. 하지만 이내 지워 버렸다. 그것보단 창피한 기분이 들었기 때문이다.

“사실… 요즘 훔쳐보는 재미로 살아요.”

“그러다 걸리기라도 한다면 네 목이 달아날 텐데? 수단과 방법을 가리지 않고 남궁세가에선 너를 죽이려 들겠지.”

“그 재미도 오늘로 끝이에요. 내일이면 그들도 세가로 돌아가거든요.”

문청청의 말에 운소명은 고개를 끄덕였다. 이유에 대해선 묻지 않았다. 굳이 알 필요가 없었기 때문이다. 문청청은 굉장히 아쉬운 듯 입맛을 다시며 차를 마셨다. 약간 숨이 거칠게 변한 것을 애써 운소명에게 알리기 싫었기 때문이다. 하지만 쉽게 가라앉지 않는 기분이었다.

다른 날보다 더욱 뜨거웠기 때문이다. 내일이면 세가로 돌아가니 많이 아쉬울 것이다. 거기다 세가에선 한 지붕 아래에 있는 게 아니었기에 만나는 것도 제한적이었다. 그러다 보니 마치 마지막인 듯 밤을 지내는 모습이었다.

“배는 다르지?”

“맞아요.”

운소명의 물음에 문청청은 고개를 끄덕였다. 남궁진과 남궁옥의 어머니가 서로 달랐기 때문이다. 그것을 다시 한 번 확인하려는 질문이었다.

"남궁진의 어머니는 남궁진을 낳자마자 죽었으니까요. 그 이후에 들인 부인이 현 부인이에요."

"그랬었지."

"그런데 가신 일은 어땠나요?"

화제를 바꾸려는 듯 문청청은 재빠르게 물었다.

"맹주님?"

"예, 그래요. 특별한 말씀이라도 있었나요?"

문청청의 물음에 운소명은 잠시 생각하는 듯 시선을 허공으로 돌리더니 조용히 물었다.

"네가 볼 땐 어때? 맹주님은 나를 신용하고 있는 것인가?"

"갑자기 그건 무슨 말이에요?"

"아니… 그냥 그런 기분이 들어서……."

문청청은 안색을 굳히며 운소명을 쳐다보았다.

"무슨 일이 있었군요?"

"아니, 아무 일도 없었어. 맹주님의 손녀를 본 것만 제외하면 말이야."

"아, 그녀는 보름 전에 들어왔어요. 그것보다… 말하기 싫으면 그만두세요. 고민이라도 있다면 들어줄 생각이었는데……."

"고민 같은 게 있었으면 벌써 죽었겠지."

운소명은 슬쩍 웃으며 자리에서 일어섰다.

"잠시 들른 것뿐이야. 출발 시간을 알아야 하니까."

"잠시만 기다리세요."

문청청은 곧 자리에서 일어나 안쪽으로 들어가더니 무언가를 챙겨 나왔다. 그리곤 다시 의자에 앉아 운소명의 앞에 신패를 내밀었다. 신패는 맹주 직속의 특무단을 증명하고 있었다. 특무단은 그 수가 불특정하며 알려진 고수도 많았지만 알려지지 않은 고수도 꽤 있었다. 하지만 강호 명숙들이 대거 포함되어 있다는 소문이 도는 곳으로, 상당한 신분을 보증해 주는 신패였다.

"사형은 무림맹의 특무단으로, 육호의 호위무사가 되었어요. 모레 아침 육호와 함께 맹을 나가시면 돼요. 외부적으론 강호 유람을 다니는 것으로 되어 있으니 행동하는 데 큰 어려움은 없을 거예요."

"연락책은?"

"특무단이란 신분으로 개방을 이용하시면 될 거예요. 우연을 가장해서 대파산에 가시면 될 거예요. 현재 그곳엔 밀영대와 개방도가 조사 중이니 부딪치는 일이 있어서는 안 돼요."

"그렇게 하지."

운소명은 대답하며 자리에서 일어섰다.

“배웅 나가지 못해 죄송해요.”

“언제는 했던가? 후후.”

운소명은 가볍게 웃음을 흘리며 밖으로 나갔다. 그가 나가 자 문청청은 길게 숨을 내쉬며 주전자째 차를 벌컥 마셨다. 이제야 속이 좀 풀리는 것 같았다. 달아오른 기분을 식히는 건 쉬운 일이 아니었다. 운소명이 앞에 있으니 더욱더 그랬 다. 그가 나가고 나서야 마음이 가라앉는 기분이었다.

第六章

화향미인(花香美人)

화향미인(花香美人)

검은 무복에 적색의 피풍의를 둘렀다. 피풍의엔 비상하는 매가 검은색으로 수놓아져 있었으며, 손엔 검을 한 자루 쥐었다. 절로 위압감이 드는 복장이었고, 스스로도 약간의 기운을 은연중 흘렸다.

운소명은 자연스럽게 검을 쥐고 무림맹의 대연무장 한쪽에 서 있었다. 그는 육호를 기다리는 중이었으며, 육호와 함께 대파산으로 향할 계획이었다.

다각! 다각!

마차가 다가오자 운소명은 시선을 돌렸다. 순간 운소명의 안색이 굳어졌다. 마부석에 앉아 있는 인물 때문이었다.

'구검일살(九劍一殺) 호막성.'

그는 구 검 안에 상대를 필히 죽인다고 알려진 검의 고수였으며 강호에 큰 위명을 떨치고 있는 인물이었다. 그런 인물이 마부석에 앉아 있는 것이다.

"자네인가, 원 장로님이 추천한 호위무사가?"

"그렇습니다."

운소명이 인사하자 호막성은 고개를 끄덕였다. 보기에도 꽤 잘 단련된 인물이란 것을 알았기 때문이다.

곧 마차의 문이 열리며 육호가 모습을 보였다. 그녀는 백색 바탕에 연꽃이 그려진 화의를 걸치고 있었으며 머리카락은 허리를 지나 엉덩이까지 내려오고 있었다.

무림맹주의 외조카인 그녀는 현재 무림맹에 머물며 아미파의 원 장로에게서 무공을 배우고 있었다. 그리고 그녀의 또 다른 신분은 홍천 육호였다.

"오랜만이에요."

"인사드립니다."

"누구야?"

순간 육호인 신조영의 뒤로 유정향이 얼굴을 내밀었다. 유정향은 신조영의 뒤에서 살짝 얼굴만 내민 채 운소명을 쳐다보았다.

"어? 호위. 내가 맹에 있을 때는 다른 일을 하지만 맹을 나가면 꼭 함께하는 분이야."

"아……."

유정향은 고개를 끄덕이며 유심히 운소명을 살폈다.

"반가워요. 유정향이라 해요. 앞으로 잘 부탁드릴게요."

"운소명이라 합니다. 유 소저와 함께하게 되어 저야말로 영광입니다."

운소명은 깊게 읍하며 대답하자 유정향은 영광이란 말에 기분이 좋은지 살짝 얼굴을 붉히며 빙긋 미소 지었다. 곧 마차에 올라타자 신조영과 운소명의 눈이 마주쳤다.

[죄송하군요.]

[무슨 일이지?]

[강호 유람을 하겠다며 따라붙었어요. 알다시피 저흰 혈연 관계잖아요.]

[목적만 잊지 말아라.]

신조영이 가볍게 읍을 한 후 마차에 올라타자 호막성과 운소명의 눈이 마주쳤다.

"제가 몰겠으니 호 선배께선 안으로 들어가시지요."

"그래도 되겠나?"

"물론입니다."

"그럼 그렇게 하겠네. 그런데 자네의 소속은 어디인가? 맹에 있다면 소속이 있을 터인데?"

"특무단입니다."

"역시… 내 예상이 맞았군. 잘 부탁하네."

"예."

호막성은 고개를 끄덕이며 마차 문을 열고 안으로 들어갔다.

마차 안은 넓고 아늑했다. 서로를 마주 보고 앉아 있는 신조영과 유정향을 사이에 두고 호막성은 잠시 서 있었다. 두여자의 시선 때문이었다.

"험! 자기가 몰겠다고 하는데 어쩌라고?"

호막성은 투덜거리듯 헛기침과 함께 다시 한 번 망설이다 자연스럽게 신조영의 옆에 앉았다. 신조영은 가볍게 미소를 보였다.

"어떻게 알게 된 사이야?"

유정향의 물음에 의외라는 듯 신조영은 눈을 크게 떴다.

"갑자기 왜? 주변에 남자들도 많으면서 관심이 가니?"

"그건 아니고, 그냥 궁금해서. 뭐랄까, 지금까지 만난 남자들과는 조금 다른 것 같아서."

유정향은 지금까지 명문세가의 자제들만 만나왔다. 운소명은 그들이 지닌 기품과는 조금 다른 기도와 눈빛을 지녔기 때문에 궁금했던 것이다.

"삼 년 전에 호위무사로 알게 되었는데 그 이상은 잘 몰라. 거의 대화가 없었거든."

"아……."

"특무단에 소속되었다 하네."

호막성의 말에 유정향은 조금 놀란 표정을 그렸다. 지금까지 그녀는 특무단의 무인을 한 번도 본 적이 없었기 때문이다. 그 말에 신조영도 놀란 표정을 그렸다. 아니, 의식적으로 그래야 했다.

"특무단이면 후기지수들이 들어가고 싶어하는 곳이 아닌가요? 강호의 명숙들이 많다고 들었는데… 의외네요."

자신보다 고작 한두 살 많아 보이는 운소명이 특무단에 소속되어 있다는 말에 유정향은 조금 놀란 듯 중얼거렸다.

"그건 그냥 소문일 뿐이고… 실제 특무단은 무력 단체네. 너희야 잘 모르지만 강호는 하루에도 수십 개의 문파가 생겨나고 사라지는 곳이지. 그리고 무림맹에 해가 된다고 판단되는 문파를 멸하는 곳이 바로 특무단이네. 그러니 눈빛부터가 다르지. 수시로 살인을 해야 하는 곳인데 명문세가의 자제들과 같겠나?"

"아, 그렇군요."

"겉으로 보기엔 평화롭게 보이나……."

“그 속은 끝없는 싸움의 연속이라고 말하려 했죠?”

유정향이 말을 받아 대답하자 호막성은 웃음을 흘리며 고개를 끄덕였다.

“하하! 그렇다고 볼 수 있지.”

그렇게 말한 호막성은 곧 안색을 굳히며 말했다.

“하지만 가까이 가지는 말게. 너희들과는 어울리지 않는 신분이니.”

그 말에 유정향은 아미를 찌푸렸다. 신조영은 그저 변화없는 표정으로 창밖을 쳐다보았다.

“그런데 이상해요. 저 나이에 특무단에 소속되었다면 강호상에 잘 알려졌을 텐데… 들어본 적 없는 이름이에요.”

유정향의 말에 호막성도 고개를 끄덕였다.

“음, 정말 그렇네. 이십대에 특무단에 소속되었다면 그만큼 화제가 될 만한데… 하긴 워낙에 비밀스러운 곳이니 잘 알려지지 않은 친구들도 있을 만하지.”

“그 왜, 있잖아요. 천무단주인 유 소협이라든지…….”

유정향의 말에 신조영이 반색하며 입을 열었다.

“그 사람은 특무단에 있다가 천무단주가 되었지.”

“같은 집안사람이지만 본 적은 없어. 자주 봐?”

유정향의 시선에 신조영은 고개를 끄덕였다.

“맹에서 지내다 보면 가끔 돌아다니는 그를 볼 수 있을 거야.”

“호오, 역시 무림맹이 좋다니까. 이름있는 후기지수들도 다 볼 수 있고 말이야. 그런데 어때, 그 사람은?”

아무래도 같은 산동유가의 사람이라 매우 궁금한 표정으로 유정향이 물어오자 신조영은 유신의 얼굴을 떠올렸다.

“음… 글쎄… 뭐라 해야 할까. 조금 날카롭다고 해야 할까? 그런데 유 소협은 산동유가 출신이라는 신분이 있어서 잘 알려진 거지, 유가가 아니었다면 크게 화제가 되지는 못했을 거야.”

“정말? 우리 집이 그렇게 대단한가?”

“그렇다니까. 너야 늘 지내는 곳이 집이니 모를 테지만.”

“호호.”

유정향은 재미있다는 듯 웃었다. 곧 그녀들은 강호의 후기지수들에 대한 이야기로 수다를 시작했고, 그 수다는 끝없이 이어졌다.

덜컹! 덜컹!

운소명은 마차가 크게 흔들릴 때마다 허리에 걸어놓은 검이 거치적거리자 아예 엉덩이에 깔고 앉았다.

“이 불편한 걸 어떻게 들고 다니지? 신기하네.”

운소명은 많은 무인들이 검을 손에 들고 다니는 모습들을 떠올리며 고개를 저었다. 손에 쥐고 있는 것 자체만으로도 불편했기 때문이다.

문득 운소명은 마차를 따라오고 있는 열두 명의 인기척을 느끼곤 새삼스럽게 미소 지었다.

'맹주의 손녀라 이건가. 십이사자가 따라붙었군.'

호법원 최정예라 불리는 십이사자의 인기척에 운소명은 생각보다 일이 어려울지도 모른다고 느꼈다.

"그런데 이번 유람은 목적지가 어디인가?"

호막성의 물음에 수다를 떨던 둘은 서로의 얼굴을 바라보며 미소 지었다.

"무당산."

"무당산이에요."

둘의 대답에 호막성은 고개를 끄덕였다.

"무당산이라……. 좋지."

과거에 한 번 가본 적이 있는 곳이었기에 무당산을 떠올리자 왠지 기분이 좋아지는 것 같았다. 경건하고 뭔가 성스러운 기운이 느껴지는 산이었기 때문이다.

"무당파에는 미리 알렸어요."

유정향의 말에 신조영이 뒤를 이었다.

"일단 목적지는 무당산인데 가기 전에 융중산에 들를 생각이에요."

"오! 그 제갈량의 융중산을 말인가? 그거 좋지. 그러고 보
니 아직 한 번도 가본 적이 없는 곳이었군. 내 평생에 한 번은
가보고 싶은 곳이었는데, 잘되었어."

호막성은 박수까지 치며 좋아했다. 융중산은 과거 제갈량
이 은거했던 곳으로, 그 경치가 도화원과 같다고 알려졌다.
또한 삼고초려라는 말이 생겨난 곳으로 유비가 세 번이나 제
갈량을 찾아간 곳이 융중산이다.

그 모습에 유정향이 신이 난 듯 말했다.

"거기서 좀 구경하다가 무당산에 갈 거예요. 그리고 대파
산의 무화원에 들렀다가 무산도 구경하고 맹에 돌아올 계획
이에요. 어때요?"

"제대로 유람을 하는구먼. 이거, 내 따라오기를 정말 잘했
다는 생각이 들어. 하하하!"

호막성은 기분 좋은 웃음을 보였다.

화르륵!

모닥불이 타오르는 가운데 마차 안에선 신조영과 유정향
이 잠을 청하고 있었다. 밖에 앉아 있던 운소명은 마부석에
앉아 잠을 자는 호막성을 쳐다보았다. 곧 자리에서 일어나 신
형을 돌리자 호막성이 눈을 떴다.

"어디 가나?"

"볼일 때문에 그럽니다."

호막성은 가볍게 미소 지었다. 곧 눈을 감으며 호막성이 말했다.

"그놈들은 고지식한 놈들이니 기분이 나쁘더라도 이해하게."

"……."

운소명은 고개를 끄덕였다.

일행에게서 오 장 정도 떨어지자 걸음을 멈춘 운소명은 어둠 속의 하늘을 쳐다보았다. 그러자 그의 옆으로 발걸음 소리가 살짝 들리더니 검은 그림자가 나타났다. 고개를 돌린 운소명은 생각보다 큰 키의 삼십대 초반으로 보이는 인물을 대하자 가볍게 읍했다. 십이사자의 대주 사중력이라는 것을 한눈에 알 수 있었다.

"무슨 일입니까?"

"우리의 일은 두 분 소저의 호위일 뿐이니 신경 쓰지 말라는 뜻에서 온 것이네."

"예."

"자네나 호 선배의 목숨은 관심 밖이니 그 점도 염두에 두고."

"물론이지요."

운소명의 대답에 살짝 미소 지은 사중력은 이내 모습을 감추었다.

다시 돌아온 운소명은 모닥불 앞에 앉았다. 그러자 호막성이 슬쩍 눈을 떴다.

"자네의 스승은 누구인가? 문득 궁금해서 말이지."

"죄송합니다."

짧은 대답에 손을 저은 호막성은 재미없다는 듯 인상을 찌푸리다 다시 물었다.

"자네의 고향은 어디인가?"

"죄송합니다."

"에이……."

잠시 고개를 저은 호막성은 다시 물었다.

"자네의 형제는 몇인가?"

"죄송합니다."

"자네의 부모님은 뭐 하던 분이신가?"

"죄송합니다."

"자네의……."

"죄송합니다."

순간 호막성은 눈을 부릅떴다.

"아직 질문하지 않았네."

“죄송합니다.”

호막성은 고개를 마구 저으며 몸을 돌렸다. 그러다 생각난 듯 다시 몸을 돌려 운소명을 쳐다보았다.

“자네의…….”

“안 주무십니까?”

“잘 자게.”

호막성은 곧 눈을 감고는 잠을 청하였다. 운소명도 곧 좌정한 채 피풍의를 온몸에 두르곤 눈을 감았다. 잠을 청한 것이다.

“자네의… 음, 자는군. 비겁한 놈 같으니라고.”

아침이 되자 호막성이 마부석에 앉았다.

“제가 몰겠습니다.”

“어허! 내가 하겠네. 자네가 몰면 또 노숙할 것 같아서 그러네. 우리야 괜찮겠지만 안에 있는 두 분께선 편한 잠자리가 좋지 않겠나?”

“죄송합니다. 다음부터는 노숙하는 일이 없도록 하겠습니다.”

“하하! 알았다면 다행이네. 그래도 자네는 오늘 쉬게나.”

호막성의 강요에 운소명은 어쩔 수 없이 마차 안으로 들어가야 했다. 안으로 들어가자 두 여자의 시선에 순간 당황했

다. 지금까지 한 번도 이렇게 쳐다보는 것을 당해본 적이 없
어서일까?

팡! 팡!

순간 유정향이 자신의 옆자리를 때리며 미소 지었다.

"앉아요."

"실례하겠습니다."

운소명은 말과 함께 앉았다. 순간 정신을 맑게 해주는 향긋
한 향기가 코끝을 간질였다. 정말 좋은 향기였다. 잠시 그 향
기에 취해 있자 신조영과 눈이 마주쳤다. 그녀의 눈빛이 따갑
다는 생각이 왜 드는 것일까?

"저기, 궁금한 게 있어요."

"말씀하십시오."

운소명의 대답에 유정향은 미소 지으며 물었다.

"특무단은 무림맹에 해가 되는 문파나 적을 멸한다고 들었
어요. 그렇다면 운 소협도 살인을 해봤을 텐데, 어때요?"

"……?"

운소명이 눈을 조금 크게 뜨자 유정향이 다시 물었다.

"첫 살인이란 거… 그때 기분이 어땠는지 궁금해서요."

"그건……."

운소명은 망설이듯 입을 닫았다.

"떠올리기 싫은 기억일 텐데 그런 걸 물어보니?"

　신조영이 옆에서 조금 당황해하는 운소명을 돕자 유정향이 그제야 실례라는 것을 알고는 고개를 끄덕였다.

　"미안해요. 그냥 궁금해서 물어본 거예요. 비무라는 것과 실전은 크게 차이가 난다고 들어서요."

　운소명은 문득 자신의 첫 살인에 대해서 떠올렸다. 기억하기 싫은 것은 아니었다. 단지 까마득한 옛날처럼 느껴졌기에 잊어버린 것뿐이었다.

　'분명… 친구였지.'

　운소명은 쓰게 미소 지었다. 그 미소를 본 유정향이 눈을 크게 떴다.

　"웃었죠?"

　"예?"

　운소명의 어리둥절한 시선에 유정향은 다시 말했다.

　"지금 웃었잖아요. 소리없이."

　"그건… 음……."

　운소명은 당황한 듯 시선을 회피했다.

　[처음 보네요.]

　운소명은 귓가에 들리는 전음에 시선을 돌리다 유정향과 눈이 마주치자 얼른 회피했다.

　[당신도 감정이란 게 있긴 있었군요. 이런 모습은 처음 봐요. 재미있네요.]

[사람이니까.]

[사람은 저예요. 당신이 아니라.]

운소명은 미미하게 고개를 저었다.

"사문은 어디에요? 스승님은 누구세요? 형제는요? 고향은 어딘가요?"

순간적으로 빠르게 물어오는 질문에 운소명은 정신이 없는 듯 멍하니 유정향을 쳐다보았다. 무엇보다 같은 질문을 어젯밤 받았기 때문이다.

"죄송합니다."

운소명의 짧은 대답에 유정향은 실망한 듯 한숨을 내쉬며 고개를 저었다. 그러자 운소명이 재빠르게 다시 말했다.

"특무단의 특성상 개인적인 정보는 모두 비밀이라 어쩔 수가 없습니다."

운소명의 설명에 유정향은 기분을 풀며 고개를 끄덕였다.

"궁금한 게 또 있어요."

"개인적인 제 신상에 관한 것이라면 답변드리기 곤란합니다."

"음… 개인적인 것이긴 한데 신상에 관한 것은 아니에요."

유정향의 말에 운소명은 질문이 궁금한 듯 쳐다보았다. 그러자 유정향은 살짝 얼굴을 붉히며 물었다.

"혹시 좋아하는 사람 있어요?"

“……!”

순간 신조영의 눈이 커졌으며 그녀의 어깨가 미미하게 떨렸다.

‘설마…….’

신조영은 이내 고개를 저었다.

“없습니다.”

운소명의 대답에 유정향은 미소를 보였다. 그 모습이 마치 그림에 그려진 것처럼 운소명의 눈동자에 담겼다.

“그랬군요.”

고개를 끄덕인 유정향은 잠시 뜸을 들이고 나서 다시 물었다.

“혹시 친분있는 후기지수분들은 계신가요?”

“음… 분광 정도입니다. 같은 특무단에 있었기에 안면이 있지만… 다른 분들과는 친분을 쌓지 못했습니다.”

운소명의 대답에 유정향은 새삼스럽게 운소명을 쳐다보았다. 운소명 본인은 모르고 있지만 실제 그의 얼굴은 잘생긴 편이었다. 자주 바꾸다 보니 본인만이 인식하지 못할 뿐이었다.

“그동안 어떻게 지내셨어요?”

[위험해 보이는군요. 알다시피 정이란 위험, 그 자체예요.]

[알고 있다.]

전음과 동시에 말소리가 들리자 신조영에게 시선을 던졌다. 적절한 질문이었고, 유정향의 시선이 부담되던 순간에 들린 말이었다.

"이것저것 하면서 지냈습니다."

"그 이것저것이라면?"

신조영의 물음에 유정향의 시선이 운소명에게 향했다. 그러자 신조용의 입술이 소리없이 아주 낮고 빠르게 움직였다.

[기분은 좋네요. 당신에게 극진한 존대를 받으니… 호호.]

"맹에서 하는 일이라 말씀드리기 곤란합니다."

"맹은 비밀이 너무 많은 것 같아."

신조영이 유정향을 쳐다보며 중얼거리자 유정향도 고개를 끄덕였다.

"할아버지에게 특무단에 대해서 좀 더 물어봐야겠어."

"관심이 많구나?"

신조영의 물음에 유정향은 미소를 보였다.

"두 분 소저께선 자주 유람을 다니십니까?"

운소명의 처음 하는 질문에 신조영과 유정향은 서로의 얼굴을 쳐다보았다.

"자주는 아니에요. 아마… 두 번째지?"

유정향의 시선에 신조영이 고개를 끄덕였다.

"두 번째."

"그때도 재미있었어요. 사 년 전이니까… 그때는 어른들하고 함께 다녀서 지루한 것도 있었지만."

유정향의 말에 신조영은 손으로 입을 가리며 웃음을 보였다. 사 년 전의 재미있는 기억들이 떠올랐기 때문이다. 문득 운소명은 홍천의 일원 중 가장 행복한 녀석이 있다면 눈앞에 앉아 있는 신조영일지도 모른다는 생각이 들었다. 지금 이 순간만큼 그녀가 보인 미소는 진실이었기 때문이다. 이런저런 대화가 오고 갔으며 시간은 빠르게 흘러갔다.

창공을 맴돌던 매 한 마리가 몇 번 원을 그리다 울창한 수림 속으로 날아들었다. 매는 고운 손 위에 앉아 있었으며 또 다른 손이 매의 머리를 쓰다듬었다. 그리곤 전서를 꺼내 펼쳤다.

화향미인 유정향, 무당산으로 향함.

전서를 구겨 쥐었다. 그러자 전서는 마치 고운 쌀가루처럼 변하였다. 손을 펴자 불어오는 바람과 함께 허공중에 흩어졌다.

"화향미인……."

붉은 입술이 잠시 중얼거리다 수풀 사이로 사라졌다. 그러

자 또 다른 두 명의 그림자가 그 뒤를 따라 숲 속으로 들어갔
다.

*　　　　*　　　　*

하루는 운소명이 마부석에 앉았고, 다음 하루는 호막성이
앉았다. 그렇게 번갈아 가면서 마차를 몰았고, 무림맹을 떠난
지 십 일 정도 지나자 호북성 랑번성에 도착할 수가 있었다.
여행은 사람의 친분을 두텁게 해준다고 하였다. 이곳까지
오는 동안 꽤 많은 대화를 나눌 수가 있었던 일행이다.
일행은 랑번성에서 가장 크고 유명한 촉산루의 별채를 두
채나 통째로 빌려 여장을 풀었다.
목욕을 마치고 잠옷을 걸친 유정향이 먼저 침대에 누웠다.
곧 신조영이 목욕하러 가자 유정향이 입을 열었다.
"같이 하지 왜 혼자 하려고 하는데?"
늘 목욕할 때 혼자 하는 신조영에게 궁금해서 물은 것이다.
신조영은 방긋 미소 지으며 대답했다.
"창피하니까."
단순하게 대답한 신조영이 사라지자 유정향은 일어나 거
울 앞에 앉았다. 긴 머리카락이 바닥에 닿으려 하자 얼른 잡
아 가슴 앞으로 돌렸다. 멍하니 거울을 바라보던 유정향은 손

을 들었다. 그녀의 검지가 콧잔등에서 천천히 흘러내려 윗입술을 지나 아랫입술에 멈춰 섰다.

"저는 특무단에 소속된 일개 무사일 뿐입니다. 함께 식사를 하거나 차를 마실 수는 없습니다. 죄송합니다."

지난 십 일 동안 운소명은 단 한 번도 같은 자리에서 식사를 한 적이 없었다. 함께 십 일 정도 여행을 했다면 같은 자리에서 식사라도 할 만했으나 그는 단호하게 거절하였다.
"특무단이라면 강호의 명숙들도 필히 있을 터, 그렇게까지 거절할 필요가 있을까? 음……."
특별한 신분의 차이가 있는 것도 아닌데 완강히 사양하는 운소명이 조금은 야속하게 느껴지는 것은 또 왜일까?
손을 내린 유정향은 짧게 숨을 내쉬며 시선을 돌리다 창밖으로 보이는 신조영의 모습에 눈을 반짝였다.
"목욕한다더니, 산보하는 건가?"
유정향은 자리에서 일어나 옷을 걸치고 밖으로 나갔다.

[대파산 무화원에서 백룡곡은 오백 리… 가는 시간만 아무리 빨라도 반 시진… 갔다 오는 시간만 한 시진… 조사까지 하려면 최소 한 시진이니 두 시진의 시간인데… 상관없겠나?]

어둠 속에서 들리는 운소명의 전음성은 함께 움직이는 유정향과 호막성의 개입을 걱정하고 있었다. 신조영은 조용히 입술을 열었다.

[걱정할 필요는 없어요. 손을 써준다는 연락을 받았으니까요. 계획은 그곳에 도착하면 자연히 알게 되겠지요.]

[그렇다면 다행이군.]

운소명의 전음에 신조영은 걸음을 천천히 옮기기 시작했다.

[그것보다 그녀의 호위에 더 신경 써야 할 것 같아요. 백화성과 창천궁이 이 좋은 기회를 그대로 둘 리가 없잖아요? 그녀를 사로잡으면 무림맹은 치명적인 타격이에요.]

[추가적인 호위가 붙는다고 십이사자의 대주가 말했다. 걱정은 없을 거야. 대주의 말로는 무당산에 우리가 간다는 말을 듣고 마침 두 달 뒤에 열리는 무림대회 때문에 무림맹에 가야 했던 운우 도장과 화산파의 송풍자께서 함께하신다고 하였다. 그 두 분과 강북십기 중 두 명이 더 붙을 것이다. 대주의 말로는 무당의 진중검과 화산의 철정검이라 하였다.]

[그 정도면 안심이군요.]

신조영은 미미하게 고개를 끄덕였다. 나열된 이름이 가지고 있는 그 힘과 명성이 대단했기 때문이다. 무당오검 중 한 명인 운우 도장과 화산파의 최고수 중 한 명인 송풍자는 강호

초절정의 고수들이었다. 또한 강북십기 중 수위를 다투는 두 젊은 고수 역시 그 무공이 대단했으며 무당과 화산의 기대를 한 몸에 받고 있는 인물들이었다.

[그러고 보니 벌써 무림대회가 다가왔군요. 이 년에 한 번 열리는 대회가 왜 이렇게 빨리 오는지…….]

[이번에 보면 세 번째로군.]

[저는 두 번째예요.]

[이 년 먼저 내가 출도했던가?]

[그래요.]

신조영의 대답에 어둠 속에선 말이 없었다. 발자국 소리가 들렸기 때문이다.

"뭐 해?"

신조영은 들려온 목소리에 고개를 돌렸다. 유정향을 발견하곤 미소를 보였다.

"잠시 생각할 게 있어서……."

"무슨 생각?"

유정향이 궁금한 듯 물어오자 신조영은 고개를 저었다.

"그냥 이것저것. 그런데 아직 안 잤어?"

"자야지."

짧게 말한 유정향은 신조영의 옆에 서서 고개를 들었다. 지나가는 구름이 밝은 달을 가리기 시작하자 조용히 중얼거렸다.

"왜 아무것도 가르쳐 주지 않을까? 이렇게 궁금한데 말이야."

"뭐가?"

신조영이 묻자 유정향은 미소를 보였다.

"운 소협 말이야. 다 비밀이고 죄송하다고 하니까."

"설마… 관심있는 것은 아니겠지?"

"설마……."

유정향은 애써 부정하듯 고개를 저었다.

"그냥 가르쳐 주는 게 없으니까 궁금함이 남잖아. 대화는 많이 했지만 정작 중요한 사문이나 개인적인 과거라든지… 뭐, 그런 거? 취미? 그런 것도. 아무것도 알려주지 않으니까."

"명령이라잖아. 너무 관심 가지지 마."

"웅? 그래야지. 그런데 관심 좀 가지면 어때서? 너도 관심 있는 게 아니고?"

"남자는 많아."

신조영은 그 말에 고개를 저으며 중얼거리다 하늘을 쳐다보며 다시 말했다.

"진실조차 말할 수 없는 사람이 싫을 뿐……."

신조영의 중얼거림이 이해가 안 되는 듯 유정향은 고개를 갸웃거렸으나 더 이상 입을 열지는 않았다.

"들어가자."

신조영의 말에 유정향은 고개를 끄덕였다.

다음날 아침이 되자 화사한 복장을 한 유정향과 신조영은 융중산으로 향했다. 신조영과 유정향의 재잘거리는 모습을 뒤에서 구경하며 걷는 운소명은 문득 자신이 주변 경치를 보는 게 아니라 오직 그 두 사람만 쳐다보고 있다는 사실을 깨달았다. 비단 자신뿐만이 아니라 주변에 있는 모든 사람들이 신조영과 유정향을 쳐다보고 있었다. 눈에 띌 정도로 아름다운 소저들이었기 때문이다.

그녀들보다 더 기분 좋아 신나게 웃고 즐기는 사람도 있었는데, 가장 앞선 호막성이었다. 그는 연신 주변을 두리번거리다 다람쥐처럼 뛰기도 했고 몇 번이고 사라졌다가 나타나곤 했다.

그렇게 하루가 지나가고 있었으며, 많은 사람들의 시선을 받은 채 일행은 다시 촉산루로 돌아왔다. 지금까지는 아무런 문제도 일어나지 않았다. 그런데 문제가 생긴 것이다.

촉산루의 주렴을 헤치고 들어오자 수많은 시선이 일행을 향하고 있었다. 그들은 모두 험악한 인상의 장한들이었으며 무기를 탁자 위에 올려놓은 채 주루를 장악하고 있었다.

"오오!"

"이야아! 이거 대단한 미인인걸!"

그들은 유정향과 신조영을 보는 순간 일제히 목소리를 높이며 만면에 한가득 기쁨을 담았다.

"쓰레기들이로군."

호막성은 인상을 찌푸리며 한쪽에 피투성이로 쓰러져 있는 루주의 모습을 쳐다보았다. 그 주변으로 점소이와 시비들이 모여 있었는데, 모두 몸을 떨고 있었다.

"대형, 이거 엄청난 미인인데요. 강호사미 저리 가라입니다. 아니, 천하제일미인들입니다."

"어디 보자."

가장 후미진 곳에서 큰 덩치의 장한들이 일어나며 말하자 구석진 곳에서 사십대 초반으로 보이는 큰 키의 중년인이 일어섰다. 보기에도 험악해 보이는 인상이었고, 얼굴엔 두 개의 흉터가 양 볼을 지나가고 있었다.

"흐흐……."

그는 유정향과 신조영을 번갈아 쳐다보며 음흉한 웃음과 함께 소매로 입술을 훔쳤다. 저도 모르게 침을 흘린 것이다. 그 모습에 유정향과 신조영의 아미가 찌푸려졌다.

"원래 천하엔 이런 사람들이 많은가요?"

유정향이 고개를 돌려 운소명을 향해 물어오자 운소명은 안색을 찌푸리며 말했다.

“죄송합니다.”

자신도 모르게 버릇처럼 대답하자 유정향이 저도 모르게 풋! 하며 손으로 입을 가리고 웃었다. 운소명은 재빠르게 다시 말했다.

“거의 없습니다. 드물게 있을 뿐인데… 오늘 만난 것뿐입니다.”

“어허! 이 어르신이 누구냐 하면! 어?”

콰콰쾅!

“켁!”

순간 천장이 무너지며 십이 인의 사자가 먼지와 함께 모습을 보였다. 그들이 나타나자 한순간 주루 안에 있던 장한들이 입을 벌렸다.

“저희가 처리하겠습니다.”

“죽이지는 마세요.”

유정향이 가볍게 말하며 신조영과 함께 별채로 향하자 장한들이 무기를 들고 일어섰다. 하지만 움직이지는 못했다. 나타난 십이 인의 발밑에 우두머리가 깔려 있었기 때문이다.

“누… 누구냐!”

“형님!”

“대형!”

여기저기서 목소리가 터져 나오자 십이사자의 대주는 자

신의 발밑에 깔려 있는 사십대의 이름 모를 장한을 쳐다보았
다.
"대형이냐?"
"그, 그렇다."
"죽었군. 쯧."
대주는 혀를 차며 이름 모를 대형 위에서 내려섰다.
"처리해."
짧은 말이 끝나는 순간 십일 인의 사자가 번개처럼 주루 안
을 휘젓기 시작했다.

*　　　*　　　*

일행이 무당산에 도착한 것은 융중산을 떠난 지 오 일 후였
다. 주루에서 불미스러운 일이 일어난 이후로 십이사자가 모
습을 드러낸 채 동행하게 되었다. 그게 조금은 불만스러운 유
정향이었다.
무당산에 도착하자 무당파의 많은 도인들이 마중 나와 있
었다. 공식적인 방문이었고 무당파의 입장에선 큰손님이었
기 때문이다.
무당산을 오르는 동안 운소명은 뒤에서 일행을 따랐다. 많
은 속가제자들이 그 뒤를 따르고 있었는데 운소명의 복장이

특무단의 무복임을 알아보곤 참새처럼 재잘거렸다.

'크긴 크군.'

무당산을 오르던 운소명은 거대한 옥허관(玉虛宮)의 문 앞
에서 잠시 걸음을 멈추었다. 문 안으로 펼쳐진 꽤 많은 전각
의 모습이 눈에 들어왔다. 구파 중 가장 그 성세가 크다는 무
당파였다. 거대한 무당산의 전역에 도관들이 세워져 있었으
며 수많은 도인들이 수련하고 있었다. 그 수는 족히 천 명에
달한다고 하였다.

오 년 만에 다시 오는 무당산이었기에 감회가 새롭다고 해
야 할까, 아니면 가장 첫 번째 임무가 무당파였다는 사실 때
문일까? 운소명은 담담한 표정으로 주변을 둘러보다 이내 걷
기 시작했다.

앞쪽에선 무당오검과 함께 걷고 있는 신조영과 유정향의
모습이 보였다. 그 뒤로 호막성이 따르고 있었으며 십이사자
가 움직이고 있었다.

"무당의 원의보라 하오."

운소명은 자신의 옆으로 다가와 인사하는 이십대 초반의
청년을 바라보았다. 그리고 그가 무당의 진중검이란 사실에
미소 지었다.

"특무단의 운소명이오."

"아……."

　특무단이란 말에 원의보는 조금 놀란 표정으로 운소명을 쳐다보았다. 그리고 그의 뒤에 서 있던 이대제자들도 운소명의 입으로 특무단이란 사실을 확인하자 놀라워했다. 무공 실력이 뛰어나야만 들어갈 수가 있는 곳이었기 때문이다. 그만큼 무림맹에서 인정을 받아야만 들어갈 수가 있는 곳이었다.

　'재미있군.'

　운소명은 젊은 제자들의 호승지심이 느껴지자 가볍게 미소 지었다.

　무당파의 어른들과 인사를 마치자 해가 저물었다. 해 지는 무당산의 정상에서 바라본 풍경은 수많은 도관이 마치 거대한 성벽처럼 무당산을 둘러싸고 있는 듯한 모습이었다. 그 모습이 세속에 젖어 있는 것처럼 보이는 것은 왜일까?

　운소명은 안내를 받으며 객실로 향했다. 일행은 손님들이 오면 머무는 곳인 십방당(十方堂)에 머물게 되었다. 오 일 정도 무당산에 머물면서 주변을 구경할 계획이었기에 운소명은 이곳에서 오 일 동안 머물러야 했다. 조금 난감한 게 있다면 십방당은 이대제자들이 머무는 곳이 담 하나를 사이에 두고 있다는 것 정도였다.

　호막성은 해가 지고 어둠이 짙게 깔리자 방에 안내되어 들어왔다. 호막성은 이미 운소명과 같은 방이란 사실을 알고 있었기 때문에 안에 앉아 있는 운소명을 발견하고도 놀라지 않았다.

"내일 아침부터 산을 타야 할 것 같으니 일찍 자게나."

"저는 죄송하지만 이곳에 머물겠습니다."

"아니, 왜 그러나? 무당산의 경치라 하면 천하가 알아주는데 이 좋은 기회를 그냥 버리겠다는 것인가?"

호막성이 눈을 크게 뜨고 묻자 운소명은 가볍게 미소 지었다.

"무당산의 좋은 경치를 구경하는 것도 좋지만 이곳에 있는 동안 편안한 휴식을 취하고 싶습니다."

"많이 긴장했던 모양이군."

"그렇습니다. 뜻밖의 분과 함께하다 보니 조금은 지친 것 같습니다."

운소명의 말에 호막성은 고개를 끄덕였다. 운소명의 말도 이해가 되었기 때문이다. 신조영만 호위하는 줄 알았는데 유정향이 끼어들었으니 어려울 수밖에 없었을 것이다. 또한 한 명보다 두 명을 호위하는 게 더 힘든 법이었다. 아무리 특무단의 고수라 해도 쉬운 일이 아니었을 것이다. 이곳까지 오는 동안 말은 안 했지만 피곤했을 것이다.

"다른 일이 있는 것은 아니고?"

"없습니다."

운소명의 대답에 호막성은 가볍게 웃으며 자리에 누웠다.

"말은 안 했지만 나도 특무단에 있었다네. 몇 번의 임무도 했었지. 할 짓이 못 돼, 특무단은. 자네도 빨리 그만두게나."

호막성이 특무단에 있었다는 말에 운소명은 그리 놀라지 않았다. 이미 알고 있었던 사실이기 때문이다. 현재 특무단에 소속된 무인이 누구인지 모두 알고 있었으며 백 년 사이에 그곳에 있었던 모든 인물을 파악하고 있는 상태였다. 그렇기 때문에 호막성의 말에도 놀라지 않았다.

"아직은……."

"잘 자게."

호막성은 곧 잠을 청했고, 운소명도 의자에 앉은 채 잠을 청하였다.

아침 일찍 일어난 호막성은 부산스럽게 외출 준비를 마치고 밖으로 나갔다. 그가 나가자 운소명은 우물가에 다가가 몸을 씻었다.

쫘아악!

찬물을 길어 머리부터 물을 뿌리며 정신을 차렸다. 몇 번 그렇게 하고 나자 발걸음 소리가 들려왔다. 고개를 돌리자 원의보가 가볍게 인사를 건네왔다.

"아침부터 뵙게 되는구려."

원의보는 반가운 듯 미소를 보이며 다가와 물을 길었다.

"무당산은 어떻소?"

"좋은 곳이오."

운소명은 가볍게 웃으며 엄지손가락을 치켜세웠다. 그 모습에 원의보는 웃음을 보이며 세수를 하기 시작했다.

"그런데 운 형은 오늘 특별한 일이 있소? 아, 유 소저와 함께할 예정이 있었지?"

원의보는 혼자 묻고 대답하며 고개를 저었다.

"오늘은 쉴 생각이오."

운소명의 대답에 원의보가 잠시 행동을 멈추고 운소명을 쳐다보았다. 그러다 물을 버리며 수건으로 얼굴을 닦기 시작했다.

"특별한 일이 없다면… 어떻소? 잠시 비무를 하는 것도 나쁘지는 않을 것 같아 물어보는 말이오."

"비무?"

원의보는 미소를 보였으나 운소명은 정중히 고개를 저으며 말했다.

"죄송하지만 사양하겠소. 특별한 일이 없다면 비무를 하지 말라는 규율이 있다오."

운소명의 말에 원의보는 상당히 실망한 표정이었다. 특무단에 소속된 운소명의 무공이 도대체 어느 정도인지 파악하고 싶었기 때문이다. 또한 자신 역시 특무단에 들어가고 싶지 않았던가? 하지만 사문의 반대가 심해 들어가지 못하고 있었다. 이왕 무림맹에 소속될 것이라면 특혜가 가장 많은 특무단이 좋았다. 강호 정의를 실현시키는 사람들이 모인 곳이었고 큰 명성을 얻을 수가 있는 곳이었다.

호승지심이 없다면 어찌 말이 될까? 수양 깊은 도인이 아니고서야 그러한 혈기를 막을 수는 없었다. 원의보 역시 혈기 왕성한 젊은이였고 무당의 대제자라는 자부심도 대단했다.

"무릇 검이란 겨루어봐야 그 길이 보이는 법이라오. 그렇게 들고만 있어서야 어디 쓰겠소? 무당의 검은 현묘해서 구경해 보는 것도 큰 도움이 될 거라 생각하오만?"

원의보의 말에 운소명은 손을 저었다. 그때 구원의 손길이 나타났다.

"사형, 스승님께서 찾으세요."

빠르게 다가온 이십대 초반의 여제자가 운소명을 도운 것이다. 그녀는 눈이 여우 눈처럼 매력적인 얼굴의 소저였다. 운소명과 눈이 마주치자 그녀는 미소를 지어 보였다.

"송혜금이라 해요. 반가워요."

"운소명이라 하오."

운소명의 인사에 송혜금은 눈웃음을 지어 보이며 운소명의 전신을 살폈다. 상의를 벗고 있었기에 몇 개의 흉터가 그녀의 눈에 들어왔다.

"아, 여긴 처음이시죠?"

"그렇소."

"제가 안내해 드릴게요."

송혜금의 말에 운소명은 잠시 생각하다 고개를 끄덕였다.

"잠시만 기다리시오. 옷을 입어야 하니……."

운소명은 곧 방으로 향했다. 그가 사라지자 원의보가 말했다.

"소홀히 대하지는 말거라."

"걱정하지 마세요. 그보다 어서 가세요. 스승님이 급히 찾으시니까요."

원의보는 고개를 끄덕이며 빠른 걸음으로 걸어갔다. 송혜금은 잠시 서성이다 운소명이 나타나자 눈을 반짝였다. 이곳 무당에선 보기 힘든 흑의에 적색 피풍의가 매력적으로 다가왔다. 무엇보다 피풍의에 그려진 검은 무늬의 매 모양이 더욱 강렬한 인상을 심어주었는지도 모른다.

"무당산은 오신 적이 있나요?"

"처음이오."

"아, 맞다. 아까 들었지? 일단 아침을 먹고 천천히 구경하기로 해요."

"알겠소."

가볍게 아침을 먹은 후 송혜금과 함께 주변을 걸었다. 그녀가 운소명을 안내하고 있자 몇몇 여제자들이 반짝이는 눈으로 쳐다보며 다가왔다.

인사를 나누고 대화도 조금 나누었다. 그렇게 안내를 받으며 여러 사람을 만날 수가 있었고, 무당파의 여러 도관도 구경할 수가 있었다.

자개봉의 정상에 놓여 있는 의자에 잠시 앉아 주변 풍경을 구경하던 운소명은 걸어 올라오는 일단의 사람들과 눈이 마주쳤다. 유정향을 비롯한 신조영과 무당파의 어른들이었다.

"음……."

운소명은 자리에서 일어섰다. 송혜금도 일어나 허리를 굽히며 인사했다.

"재미가 좋으신가 봐요?"

옆을 지나가며 유정향의 짧은 물음에 운소명은 안색을 굳혔다. 유정향은 대답도 듣지 않은 채 길을 걷고 있었으며, 무당파의 어른들과 함께 도관 안으로 들어갔다.

"그만 갑시다."

운소명의 말에 송혜금이 얼른 앞서 걷기 시작했다.

"내가 그 여자보다 덜 매력적인가?"

유정향은 방 안에 앉아 머리카락을 손으로 만지작거리며

중얼거렸다.

"무슨 말이야?"

옷을 갈아입은 신조영이 유정향의 맞은편에 앉으며 묻자 유정향은 어두운 창밖을 쳐다보며 투덜거렸다.

"우리에겐 쉰다더니 무당의 여제자완 잘도 놀아서."

"풋!"

신조영은 웃음을 터뜨렸다. 유정향의 이런 모습을 처음 보았기 때문이다. 입술을 내민 모습이 사랑스럽게 보였다. 같은 여자지만 유정향은 정말 예쁘다고 생각되었다.

"아마 계속 부탁해서 거절하지 못한 게 아닐까? 특무단이라면 무당파의 여제자들도 관심 가질 만하잖아? 거기다 남제자들도 상당히 신경 쓰고 있던 것 같던데?"

"누가 뭐래?"

유정향은 살짝 숨을 내쉬며 고개를 저었다.

"너무 관심 갖지 말아. 언제 죽을지 모르는 사람이니까."

"응?"

유정향이 시선을 던지자 신조영은 걱정스럽다는 듯 유정향에게 말했다.

"관심없다더니 요즘 매일 운 소협 이야기만 하는 것 같아서 그래. 특무단이라면 위험한 명령도 따라야 하는 곳이잖아? 언제 죽을지도 모르고. 괜히 관심 가졌다가 어느 날 갑자기 죽으면?"

유정향이 그 말에 안색을 굳히자 신조영은 차를 따르며 말했다.

"너만 고생하게 되어 있어."

신조영은 차를 내밀었다. 그러자 뜨거운 찻잔을 쥔 유정향이 신조영을 노려보았다.

"가끔 생각하는 거지만 의외로 운 소협에 대해서 많이 아는 것 같아?"

"……?"

신조영이 차를 들다 잠시 유정향을 쳐다보았다. 그러자 유정향이 미소 지었다.

"잘 알지 못한다면서 네 말을 들어보면 누구보다 잘 알고 있는 것처럼 느껴져. 왜 그럴까나."

"훗!"

신조영은 가볍게 미소를 지어 보이며 차를 마셨다. 그런 후 조용히 입을 열었다.

"네가 아직 잘 몰라서 그러는데… 가끔 무림맹에 있다 보면 피 냄새를 맡게 돼. 비릿하면서도 차가운… 소름이 돋을 것 같은… 그런 냄새가 몸에 배어버린 사람은 위험하지."

유정향이 그 말에 눈을 반짝였다. 그러자 신조영이 다시 말했다.

“운 소협에게도 그 피 냄새가 흘러. 가까이 안 가는 게 좋아.”

그녀의 말에 잠시 침묵이 흘렀다. 유정향은 쉽게 인정하고 싶지 않은 표정이었으나 딱히 어떤 말을 하지는 않았다. 그러다 한숨을 길게 내쉬며 말했다.

“나는 아무것도 못 맡았는데… 이제 보니 개 코였군.”

신조영이 그 말에 미소를 보이며 고개를 끄덕였다.

“코로 맡는 게 아니라 감으로 맡는 거야. 감으로. 너도 무림인들을 더욱더 많이 만나다 보면 저절로 맡게 돼.”

유정향은 고개를 끄덕이며 다시 한 번 한숨을 내쉬었다.

第七章

또 하나의 혈아(血牙)

또 하나의 혈아(血牙)

"제길!"

조동은 바닥에 침을 뱉으며 풀밭에 주저앉았다. 그의 옆으로 구법과 고사운이 서 있었다. 고사운의 표정은 여전히 감정이 담겨 있지 않았다. 구법 역시 무거운 표정이었다. 쉽게 생각했던 백면호리의 구출이 어렵게 변했기 때문이다.

처음 백면호리와 세 명의 여자를 발견했을 땐 쉽게 생각했었다. 하지만 어느 순간 열 명의 복면인이 나타나면서 일이 힘들게 변한 것이다. 그들의 무공은 절정이었고, 한 수 한 수가 모두 살의로 가득 차 있었다.

"천수로 들어가면 더 이상의 추격도 힘들어."

조동은 다시 한 번 안색을 찌푸리며 중얼거렸다. 순간 삐이익! 하는 소리와 함께 하늘 위로 흰 연기가 솟구쳤다. 그 모습에 조동은 벌떡 일어섰고, 어느새 고사운과 구법의 신형이 사라졌다.

쉬쉭!

주변 사물은 빠르게 흘러가고 있었으며, 삼령은 바람처럼 미끄러지듯 달리고 있었다. 그녀들의 주변으로 십여 명의 복면인이 호위하듯 움직였다. 멀리서 본다면 검은 원 속에 삼령이 달리는 형세였다.

슈아악!

좌측에서 검과 함께 십여 명의 무사가 날아들자 가장 좌측에서 달리던 복면인의 손에서 십여 개의 섬광이 번뜩였다.

퍼퍼펙!

"크악!"

비명성이 메아리치는 순간 휘파람 소리와 함께 하늘 위로 연기가 솟구치자 가장 앞서 달리던 복면인이 손을 들었다. 그 순간 가장 앞선 복면인의 좌우에 있던 두 명을 제외하고 나머지 칠 인의 복면인이 사방으로 흩어졌다.

쉬쉬쉭!

여전히 삼 인의 복면인과 삼령은 달리고 있었으며 그 속도
를 늦추지 않고 있었다.

"크악!"

따다당!

비명 소리와 병장기 소리가 메아리쳐 오자 삼령 중 미령의
안색이 어둡게 변하였다. 사람이 죽어가는 소리는 언제 들어
도 기분 나빴기 때문이다.

"아악!"

순간 여자의 비명 소리가 울렸다. 그 비명 소리에 세 복면
인의 어깨가 짧게 흔들렸다. 하지만 그것도 찰나였다.

파팟!

숲을 헤쳐 나온 그들은 넓게 보이는 강물 속으로 들어갔다.
삼령 역시 백면호리를 어깨에 걸친 채 강을 헤엄치기 시작했
다.

"여자였군."

뚝! 뚝!

핏방울이 흘러내리는 검날을 늘어뜨린 예리한 눈빛의 청
년이 살기 어린 표정으로 중얼거렸다. 그의 뒤로 십여 구의
시신이 늘어져 있었는데, 모두 같은 회색 무복을 걸친 인물들
이었다. 열 명의 사상자가 나서야 겨우 한 명을 잡을 수가 있

었다.

팟!

바람 소리와 함께 그의 옆으로 구법과 조동이 나타났다.

"여자로군. 어쩐지 남자치곤 몸매가 좋더라니……."

조동은 죽은 시신의 얼굴이 여자라는 것에 놀랍다는 듯 눈을 반짝였다.

"천무단은 어때?"

"꽤 많은 사상자가 나오고 있어."

천무단의 단주이자 홍천 서열 사위인 분광검 유신은 씁쓸히 대답했다.

"천무단의 삼 할을 동원했는데도 놓치다니……."

"그게 아니라 네놈들이 여섯이나 왔는데 놓친 게 창피한 일이지."

조동은 그 말에 눈썹을 움직였다. 하지만 화를 내지는 않았다. 상대가 유신이었기 때문이다. 그는 홍천 내에서도 가장 검을 잘 다루는 인물이었다.

"고 형은?"

"이미 강을 건넜어."

유신의 물음에 조동이 대답하며 시신을 살폈다. 구법은 시신의 상의를 풀어헤치며 신분을 증명할 만한 물건을 찾았다. 하지만 옷을 모두 벗겨도 아무것도 찾을 수가 없었다. 오직 손에 든 단검이 전부였다.

"백화성이 분명한데… 어떤 조직인지는 모르겠군."

"일단 살피는 것은 나중에 하고 어서 가자고."

쉭!

조동이 급하게 신형을 움직이자 구법은 그 뒤를 따랐다. 유신은 잠시 서서 주변을 살피다 병장기 소리가 나는 곳을 향해 움직였다. 아직 수하들이 싸우고 있었기 때문이다.

핏!

빛이 마치 선처럼 날아들었다. 물속에서 나오는 순간 그 선이 나타났다.

퍽!

복면인의 목이 하늘로 숏구쳤다. 가장 먼저 물속에서 나온 복면여인이었다.

쉬아악!

순간 두 번째로 나오던 복면인의 목을 향해 그 선은 반원을 그리며 날아들었다.

퍽!

살을 자르는 타육음이 크게 들렸다. 하지만 복면인의 신형은 흐릿하게 흔들리더니 사라졌다. 신형을 멈춘 고사운은 안색을 굳히며 좌측에서 다가오는 붉은 섬광을 향해 도를 들었다.

팍!

도와 검이 부딪치자 강력한 충격음과 함께 주변 공기가 요동쳤다. 고사운은 물러서며 땅을 강하게 밟았는지 타닥! 하는 소리가 크게 울렸다.

"상대해 줄 시간은 없어."

쉬앙!

복면인의 목소리가 울리는 순간 십여 줄기의 붉은 섬광이 고사운의 전신으로 날아들었다. 고사운은 신형을 회전시키며 앞으로 뻗어나갔다. 그가 회전하며 일으킨 바람에 붉은 섬광이 사라지자 복면인도 조금 놀란 듯 보였다. 하지만 그것도 잠시, 복면인은 일행이 모두 나온 것을 확인한 순간 날아드는 고사운의 바로 앞 땅을 향해 검을 강하게 찔렀다.

쾅!

강력한 폭음과 함께 먼지구름이 허공중에 솟구쳤다.

팡!

그 먼지구름을 뚫고 고사운의 도가 날아들었다. 하지만 복면인의 신형은 이미 땅을 찬 후였다.

콰쾅!

강변의 물이 튀었으며 자갈과 모레가 폭풍처럼 허공에 솟구쳤다. 고사운은 안색을 찌푸리며 신형을 돌려 달려나가는 육 인의 뒷모습을 쳐다보더니 이내 땅을 찼다.

쉬아아악!

그의 신형이 바람처럼 앞으로 뻗어나갔다. 하지만 그것도 잠시뿐, 고사운은 굳은 표정으로 이내 멈춰 서야 했다. 그가 바라보는 곳에 흑색 방립인이 나무에 기댄 채 팔짱을 끼고 있었기 때문이다. 고사운의 발을 잡은 것은 그 방립인의 기도였다. 그의 기도가 마치 칼날처럼 고사운의 전신을 조여온 것이다. 그는 오래전부터 고사운을 기다리고 있었던 것처럼 보였다.

"열다섯이 가서… 겨우 두 명이라……. 이거 피해가 막심한걸."

방립인은 곧 팔짱을 풀며 고사운을 향해 다가왔다.

"이름이 궁금하군. 누군가?"

"고사운."

"나는 전귀(戰鬼)라 하네."

전귀라는 말에 고사운의 변할 것 같지 않던 표정이 조금 굳어졌다. 백화성의 고수 중 한 명이 나타났기 때문이다.

스릉!

전귀는 검을 뽑으며 말했다.

"젊은 놈을 상대하는 것도 오랜만이군. 오게. 아니, 내가 가지."

쉭!

순간 전귀의 신형이 바람처럼 사라지더니 어느 순간 고사운의 눈앞에 검끝이 날아들었다. 검만 보이고 사람의 모습이 사라진 것이다. 그 놀라움에 잠시 흔들렸으나 그것뿐, 고사운의 도가 빠르게 움직였다.

땅!

검을 막자 전후좌우에서 검이 나타났다. 고사운의 신형이 바쁘게 움직이기 시작했다.

따다다당!

파파팟!

강물을 건너는 조동과 구법은 금속음과 함께 전귀와 싸우고 있는 고사운을 발견하곤 번개처럼 날아들었다.

"어라? 고전하네."

조동은 피투성이로 변한 고사운의 모습에 놀라며 암기를 전귀에서 날리는 한편 재빠르게 도를 손에 쥐었다. 그의 뒤로 구법이 비검을 날렸다.

쾅!

우당탕!

바닥을 구르며 일어선 고사운의 머리카락은 헝클어져 있

었다. 불과 일다경 정도의 시간 동안 전귀의 검을 막기만 했을 뿐인데 온몸이 피투성이였다.

"이런, 시간을 너무 끌었나?"

전귀는 날아드는 비검과 암기를 향해 검을 한 번 크게 휘둘렀다.

붕!

순간 강력한 바람이 일어나 날아오는 비검과 암기를 쳐냈다.

"또 보자고."

전귀는 슬쩍 미소만 보이며 신형을 돌렸다. 그 순간 그의 신형이 빠르게 사라졌다.

뿌드득!

고사운의 입에서 이빨 가는 소리가 흘러나왔다.

"우엑!"

피를 한 사발 토하자 조동과 구법이 옆에 내려섰다.

"별일이군. 이런 모습 보는 것도 처음인 것 같은데……."

"아니, 한 번 있었소이다. 일호하고 싸울 때."

"아……."

조동은 고개를 끄덕였다. 일호라면 능히 가능하다고 생각했다. 고사운은 잠시 비틀거리더니 도를 도집에 넣으며 신형을 돌렸다.

“돌아간다.”

“쩝! 상대가 누구이기에…….”

조동이 입맛을 다시며 묻자 고사운은 걸음을 멈춘 후 말했다.

“전귀.”

“……!”

순간 조동과 구법의 안색이 굳어졌다. 전귀라면 백화성 전위대의 대주로, 무림맹으로 치면 특무단 단주 급이었다. 초절정의 고수였고, 그가 직접 나왔다는 말은 전위대도 이 근방에 있다는 뜻이었다.

“백화성이 이렇게 본격적으로 나올 줄이야…….”

“일단 보고를 올린 후에 다음 명령을 기다리는 게 현명할 것 같소.”

구법의 말에 조동은 고개를 끄덕였다.

*　　　*　　　*

“이자가 백면호리인가?”

잠이 든 백면호리의 늙은 얼굴과 작은 키를 살핀 전귀 곽무영은 짧은 턱수염을 쓰다듬으며 안색을 찌푸렸다.

“별 볼일 없어 보이는 노인네로군.”

　"겉보기에는 그렇지만 무림맹에서 천무단까지 파견한 것으로 보아 분명 중요한 인물이에요."

　곽무영은 복면녀의 말에 고개를 끄덕였다.

　"이자가 그렇게 역용술을 잘한다면서?"

　"아직 본 적은 없기 때문에 뭐라 말할 수는 없네요."

　"그런데 계속 쓰고 있을 건가?"

　"죄송해요."

　곽무영의 말에 복면녀는 곧 복면을 벗었다. 순간 긴 흑발이 허리까지 내려왔다. 하지만 얼굴은 눈물범벅이었으며 눈동자는 젖어 있었다. 동료를 잃었다는 슬픔을 애써 이기려 했으나 눈은 솔직하게 반응하고 있었던 것이다. 그 모습에 곽무영은 고개를 저으며 짧게 한숨을 내쉬었다.

　그 마음을 충분히 이해했기 때문이다. 하지만 이미 죽은 사람은 죽은 사람이었고, 남은 사람이 중요했다.

　"둘만 살아남은 건가? 피해가 엄청나군. 성주님이 슬퍼하시겠어."

　"그래도 임무는 완수했어요."

　흑발을 늘어뜨린 그녀의 대답에 곽무영은 고개를 끄덕였다. 곧 그는 삼령에게 시선을 던졌다. 그녀들은 피곤한지 한쪽에 앉아 연신 숨을 내쉬고 있었다.

　"너희들도 살아서 다행이다."

“아니에요. 저희보단…….”

삼령의 우두머리인 청령은 곽무영의 말에 얼른 일어나 시선을 돌려 두 여자를 쳐다보았다. 검은 옷을 입고 있는 그녀들은 처음 보는 얼굴이었고, 아직 이렇다 할 대화를 나눈 적이 없기에 소속도 몰랐던 것이다.

“암화대의 부대주인 연소월이다. 이쪽은 하가경.”

“반가워요.”

“아, 고맙습니다.”

청령은 놀란 표정으로 연소월을 쳐다보았다. 암화대라면 백화성의 전위대와 조금 성질이 다른 곳이었고, 요인 구출과 암살도 한다는 소문을 들어본 곳이었기 때문이다. 삼령의 인사에 연소월은 고개를 끄덕였다. 곽무영은 자고 있는 백면호리를 어깨에 걸치며 말했다.

“이제 다시 가야지? 아직 갈 길이 멀다.”

곧 그들은 빠르게 움직이기 시작했다.

*　　*　　*

무당산을 출발하는 마차의 주변으로 꽤 많은 말이 함께하고 있었다. 무당파의 운우 도장을 비롯해 화산파의 송풍자와 이십여 명의 화산과 무당의 후기지수들이었다.

마차의 좌우로는 십이사자가 여섯 명씩 나누어 말을 몰았으며 마부석엔 호막성이 앉아 마차를 몰아갔다.

운소명은 가장 앞 선두를 맡아 말을 몰며 주변 경치를 구경하고 있었다. 그렇게 오 일 정도 길을 따라 가자 대파산의 거대한 줄기가 눈에 들어왔다. 그동안 별다른 일 없이 일행과 지냈으며 무당과 화산의 후기지수들과도 가끔 대화를 나누었다.

조금 달라진 점이 있다면 유정향이 자신을 보면 고개를 돌린다는 점이었다. 무엇이 그리 화가 난 것일까? 유정향은 시선을 마주하지 않고 늘 마주치려는 순간 돌리곤 했다. 운소명은 왜 그러는지 궁금했으나 별다르게 생각하지 않았다. 하지만 그도 모를 것이다. 유정향은 무당에서 운소명이 자신과 함께하지 않고 무당의 여제자와 함께 있었다는 것만으로 화가 나 있다는 것을.

대파산 끝 줄기에 위치한 무화원은 꽃으로 유명한 곳이었다. 그곳에 도착하자 드넓은 들판에 피어난 이름 모를 꽃들이 일행을 반겼다.

무화원의 꽃향기는 백 리를 간다고 했던가? 일행은 모두 무화원을 거닐며 아름다운 경치를 구경하고 있었다. 무화원 주는 무림인이 아니었다. 산수선생이라 불리는 인물로, 박식하고 꽃을 좋아한다고 알려진 인물이었다.

여자들은 모두 다정화원이라 불리는 아름다운 정원이 딸린 객실에 안내되었고, 남자들은 열화원이라는 붉은 꽃밭이 인상적인 객실로 안내되었다.

일행이 여장을 푸는 동안 운소명은 밖으로 걸어나갔다. 해야 할 일이 있기 때문이다. 하지만 문제는 신조영이었다. 자신이야 일이 있다고 나가면 그만이나 신조영은 특별한 신분 때문에 홀로 나오는 것이 불가능했다.

정원을 지나 정문으로 향하는 그의 눈에 한쪽에 앉아 있는 백발노인이 보였다. 운소명은 잠시 걸음을 멈추고 허리를 숙였다. 무화원주인 산수선생이었기 때문이다.

"오랜만에 보는구나."

"삼 년 만입니다."

"많이 달라진 얼굴인데 일이 많았나 보군."

운소명은 대답하지 않았다. 굳이 대답할 필요가 없었기 때문이다. 이미 잘 알 테니까 말이다. 그는 운소명의 스승 중 한 명이었다.

"이야기는 들었단다."

"백룡곡 말입니까?"

산수선생은 고개를 끄덕였다.

"네가 이곳에 왔다면 백룡곡 때문이겠지. 혼자 가려고 하는 것이냐?"

"그렇습니다."

"도움이 못 돼서 미안하구나."

"아닙니다. 그럼."

운소명은 곧 빠른 걸음으로 무화원을 빠져나갔다. 그가 나가자 산수선생은 엉덩이를 털고 자리에서 일어섰다. 어느새 그의 앞에는 신조영이 서 있었다. 그녀는 굳은 표정으로 산수선생을 쳐다보고 있었다.

"암도술이 절정에 달했군."

기척조차 느끼지 못할 정도로 접근한 신조영을 바라보며 산수선생이 미소 지었다.

"스승님의 가르침 때문이지요."

"그래, 가보려고?"

"그래야죠. 그것 때문에 왔는데……."

"유가는 어떻게 하려고 하느냐? 너는 이곳에 있거라."

신조영은 유정향을 떠올리며 망설였다. 잠시 자리를 비우는 것이야 아무런 상관이 없지만 몇 시진 동안 자리를 비운다면 분명 유정향은 물을 것이다. 변명거리가 마땅치 않았다.

"맹에서 손을 써준다고 들었어요."

"처음에는 그랬지. 공식적인 방문도 좋을 것 같았기 때문이다. 그렇게 되면 너나 일호나 굳이 비밀스럽게 행동하지 않아도 된다는 장점이 있는 대신에 백룡곡의 일이 세상에 알려지게 된다는 단점이 생기지. 결국 맹은 없던 일로 하였다."

"그랬군요."

신조영은 고개를 끄덕였다.

"일호의 능력은 탁월해. 말을 할 필요가 없을 정도지. 하지만 그게 독이 될 수도 있어. 나중에 오면 알려주거라. 등잔 밑을 조심하라고. 가자. 다른 사람들이 오고 있다."

신조영은 그 말에 굳은 표정으로 신형을 돌렸다. 하지만 삼십 장 안엔 발자국 소리조차 없었다. 산수선생의 입가에 미소가 걸렸다. 그제야 발자국 소리가 신조영의 귓가에 들려왔다.

"조영아!"

저 멀리서 유정향이 손을 흔들며 달려왔다. 신조영은 부드럽게 미소를 입가에 걸었다.

'등잔 밑.'

왜일까? 갑자기 스산한 기운과 함께 신조영의 등줄기로 식은땀이 흘러내렸다. 하지만 그것도 잠시뿐, 신형을 돌린 신조영은 눈을 반짝이며 살기 어린 미소를 입가에 걸었다. 그건 운소명을 향한 것일까?

*   *   *

　백룡곡의 입구엔 네 명의 무림맹 소속 무사들이 경비를 서고 있었다. 그 옆에는 간이 막사가 있어 그 안에 몇몇 무인들이 휴식을 취하고 있었는데, 그들은 무림맹 호북 분타에 소속된 무인들이었다.

　무림맹의 조사가 끝날 때까지 아무도 들이지 말라는 명이 있었기에 경비를 서고 있는 중이었다. 불과 하루 전만 해도 밀영대가 안을 조사하고 있었으며 오늘 아침에 모두 물러간 상태였다.

　핏!

　"……?"

　가벼운 바람 소리에 고개를 돌린 무사들의 눈에 무언가가 반짝였다.

　퍼퍼퍽!

　순간 네 사람의 미간에 정확하게 비수가 박히더니 차례로 바닥에 쓰러졌다. 그 사이로 검을 어깨에 메고 검은 복면을 쓴, 그리 크지 않은 키의 인물이 걸어 들어갔다. 가슴이 나와 있고 허리가 가느다란 것으로 보아 여자가 분명했다.

　백룡곡으로 들어온 그녀는 복면 너머로 거대한 정문을 쳐다보았다. 그 안엔 많은 전각이 늘어서 있었으며, 이곳이 얼마 전까지 살명회의 총단이었다는 것을 기억하고 있었다.

안으로 들어간 그녀는 답답한지 복면을 벗었다.

스르륵!

그러자 허리까지 내려오는 긴 생머리가 바람에 휘날리기 시작했다. 검은 옷이 어울리지 않을 것 같은 고운 얼굴을 가진 여자였다. 그녀는 자신이 다녀간 모습 그대로 유지되어 있다는 것에 고개를 끄덕였다. 하지만 아미가 찌푸려지는 것은 어쩔 수가 없었다. 시체의 냄새가 역하게 다가왔기 때문이다. 그녀는 빠른 걸음으로 대전 안을 향해 걸었다.

백룡곡으로 다가온 운소명은 바람을 타고 전해지는 짙은 피 냄새에 안색을 찌푸렸다. 생각지도 못한 혈향에 일이 생겼다는 것을 느낀 것이다.

슉!

그의 신형이 바람처럼 움직여 백룡곡의 앞까지 순식간에 당도했다. 그의 눈에 죽어 있는 무사들의 모습이 들어왔다. 운소명은 고개를 돌려 간이 막사를 쳐다보다 안으로 들어갔다. 순간 짙은 혈향이 코를 간질였다.

"얼마 안 되었어."

운소명은 죽은 시신의 몸에서 피가 아직 흘러내리고 있다는 사실에 눈을 반짝였다. 긴 시간이 흘렀다면 피가 굳어 있어야 했기 때문이다.

밖으로 나와 입구 앞에 쓰러진 네 무사의 미간을 쳐다보았다. 어디서나 흔히 볼 수 있는 비수가 박힌 그들은 눈을 부릅뜬 채 죽어 있었다. 눈은 공포에 물든 게 아니라 그저 무언가를 쳐다본 것처럼 보였다.

‘일수에 당했군.’

넷 모두 같은 표정이었기에 쉽게 예상할 수 있었다. 단 한 번에 네 개의 비수를 날려 정확하게 네 사람의 미간을 뚫은 것이다. 그 정도의 실력이라면 절정의 고수가 분명했다. 암기의 고수라도 어려운 일을 상대는 쉽게 했기 때문이다.

주륵!

피는 여전히 미간에서 흘러나오고 있었다. 운소명은 고개를 돌려 백룡곡 안을 쳐다보았다. 좀 전에 누군가가 온 것이다. 그 누군가가 적이라는 사실도 분명했다.

인공 호수와 함께 펼쳐진 넓은 정원의 여기저기엔 시신들이 널브러져 있었다. 그 중앙의 꽤 넓은 공터엔 수십 구의 시신이 한꺼번에 쓰러져 있었는데, 단지 다른 점이 있다면 그 많은 시신들이 쓰러져 있는데도 피가 흐른 흔적이 거의 없다는 점이었다.

슥!

그곳에 나타난 흑의여인은 시신들을 지나다니며 무언가를

찾는 듯 이리저리 눈동자를 굴렸다. 상당히 중요한 물건이 분명했다. 그렇지 않고서야 이곳에 다시 올 이유가 없었기 때문이다.

'뼈에 걸린 건가.'

그녀는 안색을 찌푸리며 시신들을 일일이 들추기 시작했다. 잃어버린 물건은 어딘가에 분명 있을 것이다.

뚜벅! 뚜벅!

"……!"

순간 흑의여인의 귓가에 청석 바닥을 밟는 발자국 소리가 생생하게 들렸다. 그 크기가 보통 사람의 발자국 소리보다 큰 것으로 보아 일부러 내는 소리처럼 느껴졌다. 그 거리는 삼십 장 정도였다. 상대는 아직 연무장을 벗어나지 못한 듯 보였다.

스륵!

그녀의 신형이 흔적도 없이 사라졌다.

대전 안은 피비린내로 가득 차 있었다. 쓰러진 시신들은 그 당시 어떤 상황이었는지 자세히 말해주고 있는 것처럼 보였다.

"단 일 초……."

운소명은 시신들의 모습에서 그들이 단 일 초에 심장이나 목, 미간 같은 곳을 검이나 조금 날카로운 송곳 같은 무기에 찔려 죽었다는 것을 알 수 있었다.

뜬 눈으로 죽은 자들 역시 생각 외로 많았으며 무기조차 들지 못한 사람들도 보였다. 얼마나 빠르고 신속한 움직임으로 이들을 상대했던 것일까? 밀영대나 특무단이라 해도 이런 식의 싸움은 할 수 없었다. 특무단은 무공이 고강한 사람들이 모인 곳이지 사람을 어떻게 효율적으로 잘 죽여야 하는지 알고 있는 사람들이 모인 곳이 아니었다.

이런 일격필살류의 무공을 구사하는 집단은 현 중원에 몇 개 존재하긴 했다. 그중 한 곳은 얼마 전에 멸문했고, 또 하나가 이렇게 시신과 함께 사라졌지만…….

'전형적인 암살자들의 무공이군.'

대전을 빠져나와 몇 개의 전각을 지나쳤다. 그 가운데 쓰러진 시신들을 살폈다.

'드러내 놓고 움직였다면 그만큼 무공에도 자신이 있다는 뜻인데…….'

운소명은 여기저기에 놓인 병장기의 모습과 싸움의 흔적을 발견하곤 안색을 굳혔다. 여기서부턴 죽은 자들의 몸에 피가 많이 흘러내리고 있었다. 교전이 있었다는 뜻이다. 하지만 당한 상대는 침입자가 아니라 지키는 자들이었다.

곧 운소명은 시신들을 따라 정원으로 향했다. 그곳에 들어서자 호수 위에 떠 있는 시신과 여기저기 쓰러진 시신들의 모습이 눈에 들어왔다.

'단 셋이라고 했지?'

운소명은 문득 문청청이 했던 말을 떠올렸다. 단 셋이서 이 많은 사람을 상대했다는 뜻인데 절로 대단하다는 생각이 들었다.

저벅! 저벅!

운소명은 발걸음 소리를 조금 크게 하였다. 상대에게 자신의 위치를 정확하게 알려준 것이다. 마치 자신을 노리라는 듯 행동한 것이다.

곧 운소명은 꽤 큰 공터에 몰려 있는 백여 구의 시신을 발견하곤 안색을 굳혔다. 그의 신형이 빠르게 시신들 사이로 움직이기 시작했다. 모두 얇고 작은 무언가가 몸을 뚫은 흔적을 보였다. 앞과 뒤의 상처가 같았으며 몇몇은 몇 개의 작은 구멍이 뚫려 있었다.

한 사람에게 당한 것이 분명했다.

"……?"

운소명은 몇 구의 시신을 살피다 심장 부근에 시선을 고정시켰다.

휘이잉!

가벼운 소슬바람이 불어오자 심장 부근에서 작고 가느다

란 선이 바람에 휘날렸다. 그것은 마치 머리카락 같은 것으로, 자세히 안 보면 그냥 지나칠 실 같은 것이었다.

"천잠사!"

운소명은 손으로 실을 만지며 안색을 굳혔다. 그 강도가 강철 같다고 알려진 천잠사가 분명했기 때문이다. 손으로 실을 잡아당겼다. 하지만 무엇에라도 걸린 듯 시신이 들리자 재빠르게 시신을 뒤집었다.

"음……."

운소명은 시신의 등 뒤로 튀어나온 조그마한 붉은 물건을 발견했다. 심장을 지나 살을 뚫었으나 실을 당겨 회수하려 하자 뼈에 걸린 것이다. 곧 손으로 잡아당겼다. 순간 운소명의 눈동자가 흔들렸다.

"혈… 아……!"

운소명은 믿을 수 없다는 듯 혈아의 모습을 쳐다보았다. 곧 하늘로 들어 자세히 살폈다. 하지만 아무리 살펴보아도 그 모양이 혈아와 똑같았으며 그 끝에 천잠사로 연결된 것조차 자신의 혈아와 같았다.

오른팔 소매를 걷어 올려 자신의 팔에 차고 있는 혈아와 비교해 보았다. 자신의 혈아에 비해 조금 크기가 작고 좀 더 타원형에 가까운 모양이었다. 굳이 비교를 하자면 자신의 혈아가 남자의 손톱과 같다면 주운 것은 여자의 손톱처럼 가느다란 선을 보이고 있었다.

도대체 왜 자신의 혈아가 이곳에 있는 것일까? 운소명의 머릿속에 수많은 생각이 빠르게 지나가고 있었다.

쉬쉬쉭!

순간 바람 소리와 함께 날카로운 경기가 등 뒤로 날아들었다. 운소명의 신형이 재빠르게 회전하며 손을 흔들었다.

파파팟!

그의 손등이 정확하게 날아드는 비수의 배를 쳤다. 그러자 비수가 방향을 바꾸어 땅에 박혔다. 하지만 운소명은 비수를 살피지 않았다. 어차피 어디서나 흔히 볼 수 있는 것임을 잘 알기 때문이다. 또한 십 장 앞에 서 있는 복면인이 그의 시선을 잡고 있었기 때문이다.

第八章

만남은 짧았다

　체형만으로도 복면인이 여자라는 것을 알 수 있었다. 하지만 그게 중요한 것은 아니었다. 자신에게 살기를 보이고 있다는 점이 중요했다.

　슥!

　복면인이 손을 내밀었다. 운소명은 그녀의 시선이 자신의 손에 닿아 있다는 점을 인식하고 곧 혈아를 들어 보였다.

　복면인은 고개를 끄덕이며 혈아를 원한다는 시선을 던졌다. 운소명은 고개를 저으며 혈아를 자신의 품에 넣었다. 그러자 복면인의 목소리가 처음으로 흘러나왔다.

"돌려준다면 단칼에 죽여주마."

"싫다면?"

"살지도 죽지도 못하게 해주지."

"재미있군."

운소명은 피식거리며 살기를 뿌리기 시작했다. 그러자 복면인의 눈동자가 반짝였다. 생각보다 강한 살기가 느껴졌기 때문이다. 하지만 놀랄 정도는 아니었다. 상대가 특무단이란 사실을 알고 있었기 때문이다. 운소명이 입고 있는 옷에 수놓아진 검은 매가 그가 특무단이란 것을 증명해 주고 있었다.

운소명은 혈아를 돌려줄 수가 없었다. 아니, 줄 수 없었다. 자신의 혈아와 같은 모양인데다 그 쓰임새도 비슷해 보였기 때문이다. 천하에 혈아와 같은 무기가 또 있을 줄은 몰랐던 것이다. 여러모로 조사해 볼 필요가 있었다.

"멍청한 놈."

슉!

순간 복면인의 신형이 섬전처럼 운소명의 눈앞으로 다가왔다. 그와 동시에 그녀의 손이 어깨에 걸친 검의 손잡이를 잡았다.

"……!"

운소명은 일순 눈을 부릅떴다. 너무 빨라서가 아니라 검을 뽑는 순간 하나의 가느다란 회색 선이 나타났기 때문이다.

핏!

회색 선 하나가 운소명의 신형을 지나쳤다. 그 선은 잠시 그 꼬리를 흔들 듯 움직이더니 곧 바람 속으로 사라졌다.

검을 앞으로 뻗은 복면인의 눈동자가 굳어졌다. 그녀는 곧 신형을 돌리더니 검을 늘어뜨리고 흐릿하게 사라지는 운소명의 잔상을 쳐다보았다.

"은살삼도!"

잔상이 사라짐과 동시에 운소명의 모습이 나타났다. 복면인이 서 있던 자리에 모습을 보인 것이다. 단 일수에 서로의 위치가 바뀐 것이다.

"큭!"

운소명은 목에서 느껴지는 고통에 안색을 찌푸리며 손으로 목을 잡았다. 손 사이로 핏방울이 흘러내리기 시작했다. 피하지 못할 정도는 아니었으나 그녀가 펼친 일검이 자신의 은살삼도와 같았기 때문에 너무도 놀라 잠시 주춤거렸다. 그 사이에 베인 것이다.

복면인은 복면인 나름대로 놀라고 있었다. 지금까지 자신의 일검을 피한 상대가 없었기 때문이다. 여지없이 일검에 목이 달아났었다. 하지만 운소명은 수월하게 피한 것이다. 그것도 자신의 검이 지나가는 길을 읽고서.

"백화성이 어떻게 은살삼도를 알고 있느냐?"

운소명의 낮고 무거운 목소리에 복면인은 검을 검집에 넣으며 살기를 번뜩거렸다.

"잘도 피하는군."

"대답해라."

"은살삼도? 처음 들어보는데, 그런 것도 있었나?"

쉭!

순간 운소명의 신형이 바람처럼 복면인을 향해 날아들었다. 복면인은 막 피하려다 가느다란 선이 나타나자 눈을 부릅떴다. 자신의 검법과 같은 초식이었기 때문이다. 순간적으로 복면인의 신형이 분리되었다.

팍!

복면인을 지나친 운소명의 손끝에 옷깃이 찢겨 나갔다. 운소명은 신형을 돌려 왼 소매가 찢겨진 복면인을 쳐다보았다. 그녀의 백색 옥 같은 팔이 그의 눈에 잡혔다. 복면인은 잠시 멍한 시선으로 운소명을 쳐다보았다. 그가 자신의 검법을 펼쳤기 때문이다. 하지만 그것도 잠시뿐, 이내 오른손을 뻗었다.

핏!

순간 붉은 점 하나가 운소명의 미간으로 날아들었다. 그 속도는 번개, 그 자체였다. 운소명의 신형이 흐릿하게 흔들리며 좌측으로 이동하자 복면인의 왼손이 연속적으로 오른손 위로 미끄러졌다.

파파팍!

운소명은 십여 개의 붉은 점이 연이어 자신을 따라 날아오자 놀란 표정을 지었다. 혈아였기 때문이다. 분명 혈아가 자신에게 날아오고 있는 중이었다.

파팟!

운소명은 땅을 차며 공중으로 몸을 움직였다. 그 순간 혈아의 방향이 허공으로 바뀌었으며 수십 개의 붉은 점이 허공중에 솟구쳤다. 휘리릭! 하는 소리와 함께 운소명은 허공중에서 회전하였다. 혈아들이 그의 몸을 스치고 지나쳤으나 그것도 잠시뿐.

탁!

땅에 내려서는 순간 마치 그물이 덮쳐 오듯 백여 개의 혈아가 한순간에 파도처럼 밀려들었다.

슈아아아악!

날아오는 바람 소리가 마치 쇠가 갈리는 소리처럼 들려왔으며 어디 하나 피할 곳도 없어 보였다. 그 모습을 믿을 수가 없다는 듯 운소명은 쳐다보았다.

'광천폭!'

운소명은 자신이 사용하는 광천폭과 같다는 것에 입술을 깨물고 오른손을 내밀었다. 순간 파팟! 하는 소리와 함께 구십구 개의 혈아가 허공중에 날았다.

따다다당!

혈아와 혈아가 허공중에 부딪치며 금속음을 만들었다.

"혈접무!"

복면인의 입에서 놀란 음성이 튀어나왔다.

팡!

오 장의 거리를 두고 그 중앙에 혈아들이 떠 있었다. 아니, 서로의 천잠사가 얽혀 혈아가 걸려 있었다. 그들은 자신의 혈아들을 회수하기 위해 서로 팽팽하게 당기고 있었다.

"믿을 수가 없군. 어떻게 광천폭을 펼칠 수가 있는 거지?"

운소명은 복면여인에 대해 좀 더 자세히 알아야겠다는 생각이 들었다. 혈아부터 시작해 광천폭까지 모든 것이 의문투성이었다.

"광천폭? 혈접무(血蝶舞)를 너희들은 광천폭이라 부르는 모양이군."

"혈접무?"

"네가 광천폭이라 부르는 초식은 혈아삼무 중 제삼무인 혈접무라 부른다. 본 성의 칠대신군께서 중원에서 돌아가실 때 그 무공이 대다수 무림맹에 들어갔다고 하더니… 사실이었군. 파렴치한 놈들 같으니."

복면여인의 말에 운소명은 안색을 찌푸렸다. 생각해 보면 자신은 광천폭에 대해서 아는 게 거의 없었기 때문이다. 누가 만들었는지도 모른다. 하지만 지금까지 의문을 가지지 않았었다. 자신이 하는 일에 의문을 가져서는 안 되기 때문이었다.

"칠대신군?"

"너희들은 감히 칠대신마라 부른다."

살기가 강하게 표출되어 다가왔다. 운소명은 과거 이백 년 전의 대란을 떠올렸다. 무림맹이 만들어진 계기가 그들 칠대신마였기 때문이다.

"백화성은 악의 집단이며 그들의 존재 자체가 이 세상에 해악이다. 백화성은 어떤 곳이라고?"

"악이요!"

"무림맹은 어떤 곳이냐? 너희들에게 잠자리와 따뜻한 식사와 자신을 지킬 수 있는 무공까지 주는 곳이다."

"선이요!"

"참 잘 말했다."

운소명의 안색이 구겨지기 시작했다. 어릴 때 많은 아이들과 함께 그렇게 자신도 외쳤기 때문이다.

"믿을 수가 없군."

"흥! 보아하니 삼무인 혈접무만 알고 있는 듯하구나. 그 사용법도 제대로 모르는 것으로 보아하니 제대로 무공을 익히지 못한 모양이군. 하긴… 훔쳐 간 무공들이니 제대로 남은 게 몇이나 있겠느냐."

비웃듯 들리는 복면여인의 목소리에 운소명은 안색을 굳히며 말했다.

"은살삼도도 너희 칠대신마의 무공이더냐?"

"은살삼도?"

복면여인은 순간 좀 전에 자신과 같은 초식의 검법을 떠올리곤 눈을 반짝였다.

"칠대신군께서 남긴 무학 중 하나가 분명하지. 하나 은살삼도? 흥! 그 무공은 칠검으로 이루어진 검법으로, 모두 익힌다면 천하에 적이 없다고 알려진 절학이다. 병신 같은 무림맹에서 칠대신군의 고절한 무학을 퇴보시키고 있었군."

피피핑!

순간 그들의 중앙에 걸린 혈아들이 허공중에 춤을 추며 서로 부딪치기 시작했다. 천잠사를 통해 흘러가는 기운이 강해졌기 때문이다.

휘이이잉!

바람이 밀려와 운소명의 안면을 지나쳤다. 운소명은 자신을 향해 불어오고 있는 바람을 맞으며 입술을 깨물었다.

'설마하니… 내가 알고 있는 모든 무공이 다… 칠대신마의 무공이란 말인가. 아니… 그럴 리가 없다.'

운소명은 자신의 모든 삶을 부정하고 싶지 않은 듯 강력한 살기를 뿌리기 시작했다.

"네게 몇 가지 물어볼 게 있다. 내 손이 매섭다고 원망하지 말거라."

"우습군."

복면여인은 팽팽하게 당겨진 혈아에 더욱 강한 힘을 실었다. 순간 운소명의 왼손이 앞을 향해 뻗는 것을 눈에 담았다. 그 손가락의 끝이 붉게 물드는 모습에 안색을 굳혔다.

"혈정마지!"

순간 운소명의 안색이 굳어졌다. 상대가 자신의 지법 이름을 정확하게 알고 있었기 때문이다.

"세상에서 사라진 지공이다. 천하에 아는 사람은 너와 나 단둘뿐이지."

언젠가 스승이 자신에게 한 말을 떠올렸다. 하지만 그 스승은 이미 죽어 사라진 지 오래이다. 자신의 혈정마지에 죽었기 때문이다. 하지만 복면여인은 잘 알고 있다는 듯 말했다.

"그렇다면 그 위력도 잘 알겠군."

운소명은 복면여인을 기필코 사로잡아야겠다는 생각을 했다. 고문을 해서라도 알아내야 할 것들이 많다고 생각한 것이다. 하지만 그건 운소명의 생각이었고, 복면여인은 혈정마지를 알아보자 재빠르게 품에 왼손을 넣어 백색 호로병을 꺼내 복면을 입술까지만 보이게 올린 뒤 마셨다.

팍!

호로병을 깨자 운소명은 안색을 찌푸렸다. 순간 복면여인의 붉은 입술이 미소를 그렸다. 그 모습에 운소명은 순간적으로 호신강기를 일으켰다. 입으로 무언가를 뿌릴 것 같았기 때문이다. 하지만 그 순간에 복면여인은 또다시 품에 손을 넣어 이번엔 노란색 병을 들었다.

"이별이군."

휘이이잉!

바람이 다시 운소명의 안면으로 불어왔으며 노란 호로병이 복면여인의 손 안에서 깨졌다.

와삭!

"……!"

슈아악!

운소명은 바람과 함께 노란 운무가 날아들자 저도 모르게 왼 소매로 코와 입을 막으며 호흡을 멈추었다. 독의 화끈거리는 느낌이 피부로 전해졌기 때문이다.

시야는 한순간에 가려졌으며 강력한 진기가 팔을 타고 전해져 왔다. 복면여인이 엉켜 있는 혈아에 진기를 주입시킨 것이다.

반탄강기를 일으켜 진기를 튕기려는 순간 오른팔이 허전하다는 생각이 들었다. 그리고 바람이 불어 노란 운무가 사라지자 저절로 주먹을 쥐었다. 그저 텅 빈 공간만이 눈앞에 나타났기 때문이다.

오른손엔 그저 끊어진 천잠사만이 바람에 너풀거리고 있었으며 상대의 모습은 어디에도 찾을 수가 없었다.

"하하… 하하하하!"

운소명은 저도 모르게 크게 웃으며 고개를 저었다.

"제대로 당했군."

운소명은 미련없이 신형을 돌렸다.

한참을 달린 복면여인은 폐허가 되어버린 산중의 작은 초가에 닿자 복면을 벗었다. 그녀의 얼굴은 온통 땀에 젖어 있었으며 오른손에선 피가 흘러내리고 있었다. 천잠사가 엉켜 생긴 상처였다.

"대단해."

그녀는 운소명이 펼친 무공과 마지막에 보여준 혈정마지를 떠올리며 낮게 중얼거렸다. 혈정마지는 내공을 크게 소모

시키는 무공으로, 아무나 익힐 수가 있는 게 아니었다. 그런데 상대는 자신과 내력 싸움을 하고 있는 가운데서도 혈정마지를 일으켰다. 문득 피해야 한다는 생각에 후퇴한 것이다.

무엇보다 위에 보고를 해야 했다. 무림맹에 자신들의 칠대신군이 사용하던 무공을 익힌 자가 있다고.

"대주님을 뵙습니다."

그녀의 옆으로 두 명의 흑의여인이 다가와 인사하자 그녀는 고개를 끄덕였다.

"본성으로 복귀한다."

"예? 하지만 유정향의 암살 임무가 있지 않습니까?"

"불가능해."

그녀는 짧게 말한 뒤 신형을 돌렸다. 그러자 두 여인은 잠시 어리둥절한 표정으로 서로의 얼굴을 쳐다보다 이내 그녀의 뒤를 따랐다.

*　　　*　　　*

무화원에 복귀한 운소명은 허탈한 마음으로 숙소에 돌아왔다. 사람들은 어디 구경이라도 갔는지 아무도 없었다.

운소명은 숙소 옆에 있는 작은 호수 위의 정자에 앉아 고민스러운 표정으로 많은 생각을 하기 시작했다. 복면여인의 말들이 머릿속에서 떠나지 않고 있었기 때문이다. 지금까지 무림맹을 위해서 일했으며 무림맹을 위해서 살아왔다. 그런데 자신이 사용한 무공이 백화성의 것이라니? 믿을 수 없는 사실이었다. 눈으로 직접 보지 않는 이상 절대 믿지 못할 일이었다.

그런데 눈으로 본 것이다. 자신과 똑같은 무공을 사용하고 있던 복면여인을 말이다.

'분명 광천폭은 이백 년 전 여러 고수가 모여 만든 무공이라 하였다. 또한 그 외의 다른 무공들 역시 많은 연구를 통해 얻은 수확이라 하였다. 그런데 그 모든 게 거짓이라니… 믿기 힘들군.'

운소명은 이마에 주름을 잡으며 근심스러운 눈으로 허공을 노려보고 있었다. 그러던 중 걸어오는 신조영의 모습이 잡혔다. 신조영은 운소명과 눈이 마주치자 빠른 걸음으로 다가왔다.

"벌써 오셨네요."

"어떻게 알았지?"

"돌아왔다고 알려줬으니까 알죠."

신조영의 말에 운소명은 고개를 끄덕였다.

"어땠나요? 특별한 거라도 찾은 게 있나요?"

"아니… 아무것도 없어. 이럴 줄 알았으면 너와 함께 갔어야 하는데… 네가 갔다면 뭔가 찾았을지도 모르지.”

“거짓말.”

신조영의 짧은 말에 운소명은 가볍게 미소를 보이며 말했다.

“죽은 자를 통해 얻을 수 있는 게 몇이나 될까? 밀영대가 알아낸 정도가 다야.”

신조영은 고개를 끄덕였으나 의심스럽게 운소명을 쳐다보았다. 그의 고민스러운 표정을 읽었기 때문이다. 문득 산수선생의 말이 떠올랐다, 등잔 밑을 조심하라는. 하지만 신조영은 알려줄 필요가 없다고 여겼다.

“그러고 보니 일 때문에 왔는데 구경만 하고 실컷 놀다 가네요.”

“그런가?”

운소명의 말에 신조영은 미소를 보였다.

“너무 많이 놀면 위에서 싫어할 텐데, 걱정이네요. 다음에 어떤 일을 시킬지…….”

“네가 하는 일은 그저 맹에 드나드는 중요 인사들의 감시뿐일 텐데? 다른 특별한 일이라도 있나?”

“글쎄요… 있을까요?”

신조영은 의미심장한 미소를 보였다. 하지만 운소명은 복면여인과의 일 때문에 그런 변화조차 읽지 못하고 있었다. 자신에게 더욱 중요한 일이 있었기 때문이다.

"아참! 정향이가 찾아요."

그렇게 말한 신조영은 고개를 돌려 월동문을 바라보았다. 운소명도 시선을 던지자 그곳에서는 유정향이 밝게 미소를 보이며 손을 흔들고 있었다.

무화원의 많은 정원 중에 유독 유정향은 십여 개의 호수가 꽃과 함께 있는 수화원을 마음에 들어했다.

수화원의 호수 위로는 다리들이 놓여 있었으며 호수와 호수는 작은 냇물로 연결되어 있었다. 그 속에 노니는 잉어와 헤엄치는 새들의 모습이 정겹게 다가왔다.

"저한테 미안한 생각은 안 드세요?"

호수 위의 다리를 걸으며 유정향이 물어오자 운소명은 잠시 생각하는 표정을 보였다. 자신이 무엇을 잘못했는지 떠올리기 위해서다.

"제가 실례를 했다면 용서하십시오."

"후… 그런 게 아니라, 무당산 말이에요. 무당 제자와는 구경하고 저하고는 함께하지도 않았잖아요? 호위라면 늘 곁에 붙어 있어야 하는 거 아닌가요?"

"죄송합니다."

운소명은 짧게 대답하며 허리를 숙였다. 그 모습이 보기 싫었을까? 유정향은 고개를 저으며 앞으로 먼저 걸었다. 그러다 호수 위에 놓여 있는 팔각정 난간에 기대었다.

"그때는 사정이 있었습니다."

다가오며 운소명이 말하자 유정향은 그제야 고개를 돌려 쳐다보았다.

"어떤 사정이요?"

"음… 비무를 하자고 하는 분이 계셔서 거절했는데 그래도 계속 요청하는 바람에 그렇게라도 해서 피해야 했기 때문에… 음……."

운소명은 익숙지 않은 표정으로 말을 흐렸다. 이런 분위기는 익숙하지 않았기 때문이다. 하지만 유정향은 그 말만이라도 좋은지 표정을 바꾸며 미소 지었다.

"그랬군요."

"아무래도 특무단이란 특수성 때문에 젊은 분들이 비무 요청을 자주 합니다."

"아, 호승지심을 막을 수는 없으니까요. 매번 거절하는 것도 힘들겠네요."

"물론이지요. 변명에는 상당히 약하기 때문에… 이해해 주십시오."

운소명의 말에 유정향은 기분이 풀어진 듯 고개를 끄덕였다. 곧 그녀는 난간에 기대어 넓은 정원의 모습을 바라보았

다. 바람이 불어와 그녀의 긴 머리카락이 흔들리자 운소명은
잠시 유정향의 옆얼굴을 쳐다보았다. 그림 같은 그녀의 모습
때문이다. 자신도 모르게 시선을 돌리지 못한 채 그렇게 쳐다
보고 있었다.

고개를 돌리던 유정향은 운소명의 눈과 마주하자 얼굴을
붉히며 미소 지었다. 그제야 운소명은 정신을 차리고 얼른 시
선을 돌렸다.

"아, 좋다."

맑은 미소와 함께 그녀는 기지개를 켜듯 팔을 쭉 펴더니 이
내 뒷짐을 지고선 천천히 걸음을 옮기기 시작했다. 그 뒤로
운소명은 조용히 발걸음을 옮겼다.

그들은 잠시 동안 그렇게 말없이 함께 걷고 있었다. 그리고
수화원의 절반쯤을 돌았을 때 유정향은 갑자기 생각난 듯한
표정으로 말했다.

"향아."

"……?"

운소명이 그 짧은 말에 시선을 던지자 유정향은 얼굴을 살
짝 붉히며 미소를 보였다.

"향아라고 부르세요."

순간 운소명은 눈을 크게 뜨고 안색을 굳혔다. 생각지도 못
한 말을 해왔기 때문이다.

"하지만……."

"어때요? 물론 단둘이 있을 때만."

유정향이 다가와 말하자 운소명은 자신도 모르게 얼굴을 붉혔다. 그녀의 향기가 가슴을 뛰게 만들었기 때문이다.

"이런 말은 원래 남자가 먼저 이야기해야 하는 것 아닌가요?"

"아, 그런 것이었습니까?"

"그래요."

유정향은 고개를 끄덕이며 단호히 대답했다. 표정의 변화가 한순간에 바뀌자 운소명은 저도 모르게 미소 지었다. 그 모습조차 예쁘다고 느껴졌기 때문이다. 그녀의 가장 큰 매력이 있다면 바로 이렇게 자유분방한 모습이 아닐까?

"어서 불러보세요."

양손을 허리에 얹고 마치 명령하듯 말하는 그녀의 모습에 운소명은 할 수 없다는 듯 고개를 끄덕이며 입을 열었다. 어차피 두 번 다시 이렇게 함께 있을 시간은 없을 것이다. 이게 마지막인만큼 그녀의 부탁을 거절할 필요는 없다고 생각했다.

"향아."

"아주 좋아요."

고개를 끄덕인 유정향은 이내 신형을 돌리더니 손으로 입을 가리고 웃어 보였다. 운소명은 재미있다는 표정으로 그런 유정향을 바라보았다.

유정향은 이내 몸을 돌리더니 새끼손가락을 세웠다.

"한 가지 약속하세요."

"무엇입니까?"

"다음에도 제가 어디 여행을 가게 되면 같이 간다고요."

"음, 그건… 제 마음대로 되는 문제가 아니기 때문에……."

운소명은 어려운 부탁이라 생각했다. 위에서 명령이 내려와야만 가능했기 때문이다. 그러자 유정향은 걱정없다는 듯 미소 지었다.

"걱정할 필요없어요. 제가 요청할 테니까요. 그럼 된 거죠? 할아버지에게 말하면 바로 승낙하실 거예요."

문득 운소명은 무림맹주의 얼굴을 떠올리곤 가볍게 미소를 지어 보이며 고개를 끄덕였다. 그리곤 새끼손가락을 걸었다. 그러자 그녀가 말했다.

"도장."

엄지손가락을 세우자 운소명도 세웠다. 그리곤 힘을 주어 서로의 엄지손가락을 강하게 눌렀다. 그제야 만족한 표정으로 유정향은 한 발 물러섰다.

"운 소협… 아니… 당신… 마음에 들어요."

그렇게 말한 유정향은 재빠르게 걸음을 옮기더니 이내 달

려가기 시작했다. 그녀가 멀어지는 모습을 운소명은 가만히
쳐다보았다. 향긋한 그녀의 향기가 아직도 바람결에 남아 있
는 것처럼 느껴졌다.

*　　　*　　　*

　백화성의 가장 안쪽에 자리한 성주의 거처인 백화궁은 아
름다운 정원 속에 크게 지어진 곳이었다. 그곳은 아무나 들어
갈 수가 없는 곳이었으며 오직 백화성주와 그의 두 제자 외엔
허락을 받은 사람들만이 들어갈 수가 있는 곳이었다.
　백화궁의 바로 앞 객청에 앉은 손수수는 백화성주를 뵙기
위해 기다리고 있었다. 얼마 전 대파산에서 운소명과의 일을
보고해야 했기 때문이다.
　뚜벅! 뚜벅!
　발소리가 들리자 손수수는 고개를 돌렸다. 그러다 문을 열
고 들어오는 곡비연을 발견하곤 자리에서 일어섰다.
　"처음 보는 얼굴이군요. 저는 백문원주인 곡비연이라 해
요."
　"암화대 대주 손수수라 합니다."
　손수수의 대답에 곡비연은 눈동자를 반짝였다. 암화대라
는 말 때문이다. 지금까지 그녀는 암화대를 만난 적이 없었기

때문이다. 하지만 살명회를 괴멸시킨 것이 암화대라는 것은
잘 알고 있었다. 거기다 조금 특별한 위치에 있는 암화대였
다. 오직 백화성주만의 조직.

"대주님을 뵙습니다."

곡비연의 뒤에 서있던 매, 난, 국, 죽 네 명의 시비가 일제
히 허리를 깊게 숙였다.

"오랜만이구나. 잘 지내는 것 같아 다행이다."

"대주님의 염려 덕분입니다."

그녀들의 모습에 곡비연은 미소를 보였다. 이들도 암화대
에 소속되어 있다가 자신의 시비로 왔다는 것을 잘 알기 때문
이었다. 또한 그들의 행동도 충분히 이해되었다.

"앉지요."

"예."

곡비연이 자리에 앉자 뒤를 이어 손수수가 앉았다.

"고마워요."

곡비연의 말에 손수수가 눈을 크게 떴다. 그러자 곡비연은
부드럽게 미소를 보였다.

"백면호리와 살명회의 일 말이에요."

"과분한 칭찬이라 부끄럽군요. 해야 할 일을 했을 뿐인
데……."

"아니에요. 오히려 제가 미안할 뿐이죠."

곡비연은 그렇게 말하며 슬픈 눈을 보였다. 손수수 역시 암화대원들의 죽음을 들었기에 그녀의 말에 입을 열지는 않았다. 꽤 많은 대원이 죽었기 때문이다. 잠시 침묵이 흘렀다. 손수수는 죽은 대원들을 떠올렸으며 곡비연은 백면호리를 떠올렸다. 백면호리를 데려오긴 했으나 잘못되었기 때문이다.

"두 분 모두 모시고 오라십니다."

안쪽의 문이 열리고 시비 두 명이 나오자 곡비연과 손수수가 자리에서 일어섰다.

넓은 접객실에 들어서자 곧 문이 열리고 백화성주인 월황(月皇) 비천신(飛天神) 자심연이 모습을 보였다. 그녀는 인사하는 곡비연과 손수수에게 고개를 끄덕여 보이곤 자리에 앉았다.

"일단 백면호리에 대한 이야기부터 들어볼까?"

자심연의 시선이 곡비연에게 향하자 곡비연은 입을 열었다.

"심각한 치매예요. 의원도 백면호리가 벽에… 그… 그걸 칠하는 모습에 두 손 들었습니다."

살짝 얼굴을 붉히며 차마 배설물에 대한 말을 입에 담지 못한 곡비연이 말하자 자심연은 고개를 끄덕였다.

"헛고생을 한 것인가. 그래도 혹시 모르니 계속 지켜봐."

"예."

“그래, 그렇게 하고, 암화대주가 직접 나를 보자고 하다니 의외인걸. 무슨 문제라도 있나?”

시선을 돌려 손수수를 쳐다보자 손수수는 자심연의 물음에 곧 품에서 상자를 하나 꺼냈다.

“무림맹의 특무단과 한차례 교전이 있었습니다.”

“그건 백면호리를 데려오는 과정에서도 있었는데? 전위대주인 곽무영의 말도 들었고, 네 수하들의 문제도 있었지. 그런데 다른 특별한 일이라도 있었나?”

“예.”

찰칵!

손수수는 대답하며 상자를 열었다. 그러자 구십구 개의 혈아가 모습을 보였다. 곡비연은 호기심 어린 표정으로 혈아를 쳐다보았고, 자심연은 시선을 돌려 손수수를 쳐다보았다.

“그자가 쓰던 혈아입니다.”

“음…….”

자심연은 눈을 반짝였다. 혈아는 본성에서도 단 하나밖에 없었기 때문이다.

“혈아라면 혈성신군께서 독문 병기로 쓰던……?”

“원주님의 말씀이 맞습니다.”

손수수의 말에 곡비연은 안색을 굳혔다. 칠대신군에 대해서는 그녀도 잘 알고 있었기 때문이다. 과거 무림맹과의 싸움에서 죽었지만 그들의 무공만큼은 아직도 전해 내려오고 있었다.

"이걸 어떻게 무림맹의 특무단이……."

"과거 사라진 비급들이 무림맹에 있는 게 틀림없다는 증거입니다. 그자는 혈접무를 펼쳤고 칠절신군 중 일인의 은하칠검 중 일초를 완벽하게 구사했습니다."

손수수의 설명에 자심연은 굳은 표정으로 입을 열었다.

"그게 확실한 것이냐?"

"그렇습니다. 이 혈아는 그자가 사용한 것을 회수한 것입니다."

"그자는?"

"아쉽게도……."

손수수는 결과를 말하지 않고 은연중 놓쳤다는 표시를 하였다. 그래야만 자신이 피했다는 오명을 막을 수가 있었기 때문이다. 다행히 중요한 것은 혈아의 존재였기에 자심연은 그녀의 말에 크게 신경 쓰지 않았다.

"무엇보다 제가 놀란 것은 그자가 혈정마지를 사용할 줄 안다는 것입니다."

"혈성신군의 혈정마지까지?"

"그렇습니다."

손수수의 대답에 자심연의 표정이 심각하게 변하였다. 혈정마지는 원본이 없는 무공서였기 때문이다. 그저 구전으로 전해지는 무공 중 하나였다.

지금도 백화성의 심층에 칠대신군의 무공서들이 놓여 있었다. 하지만 완벽한 것은 몇 없었다. 무림맹과의 싸움에서 그들이 모두 죽으면서 비급이 일부 사라졌기 때문이다.

손수수의 말에 담긴 무게는 백화성을 송두리째 흔들 수도 있는 것이었다. 칠대신군은 백화성주의 사형제들로, 그들의 무공이 백화성의 근간이 되었다고 해도 과언이 아니었다. 손수수의 말은 곧 무림맹에 그들의 무공서가 있다는 증거였다.

"특무단이 본 성의 무공을 쓴다라……."

자심연은 심각한 표정을 보였고, 곡비연은 안색을 굳히며 눈동자를 반짝거렸다.

"지난 이백 년 동안 단 한 번도 중원에서 칠대신군의 무공을 찾을 수가 없었어요. 그런데 이렇게 사용하는 자가 있다니… 결국 무림맹은 칠대신군의 무공서를 가지고 있었군요."

자심연은 고개를 끄덕였고, 손수수는 굳은 표정으로 입을 열었다.

"무림맹에 침입해 무공서를 회수해야 합니다."

곡비연이 그 말에 안색을 굳히며 입술을 깨물었다. 그러자 자심연은 고개를 저으며 말했다.

"일단 이 일은 장로들과 상의를 좀 해야겠다. 그 이후에 결정을 지어보도록 하자.”

곧 자심연은 혈아를 쥐고 일어섰다. 그러자 손수수와 곡비연이 자리에서 일어섰다.

손수수가 빠르게 말했다.

“혈아는 제가 쓰도록 허락해 주십시오.”

“너는 이미 가지고 있지 않느냐?”

손수수가 간절한 표정으로 쳐다보자 자심연은 미소를 보이며 고개를 끄덕였다.

“하긴… 사용할 수 있는 사람이 본 성에선 너밖에 없었지. 장로들과 회의가 끝나면 네게 주마.”

“감사합니다.”

손수수가 깊게 허리를 숙였다. 곡비연은 그 말에 눈을 반짝였다. 암화대주인 손수수가 혈아의 주인이란 사실 때문이다. 칠대신군의 진전을 이은 자가 그녀라는 사실을 알게 된 것이다. 곧 자심연이 밖으로 나가자 그녀들도 밖으로 나갔다.

백화궁을 나오자 곡비연이 손수수에게 말했다.

“제 방에서 차라도 한잔하시겠어요?”

“예.”

손수수는 백문원주인 곡비연의 제의를 거절하지 않았다. 암화대 자체가 성주의 직속이긴 하나 백문원주인 곡비연의 책략이 들어가기에 그녀와 친분을 쌓아둘 필요가 있었다.

“제 방은 처음이신가요?”

주변을 둘러보는 손수수의 얼굴을 바라보며 곡비연이 묻자 손수수는 고개를 끄덕였다.

“이 방은 처음이라 조금 낯선 것뿐입니다.”

“그렇군요.”

손수수는 삼 년 전 대주가 된 이후로 거의 성에 붙어 있지 못하였다. 죽은 전대 대주의 일을 인계해야 했으며 많은 일이 있었기 때문이다. 특히 암화대는 외부에서 활동하는 일이 많았기에 성에 붙어 있을 날이 거의 없었다.

“그런데 무슨 일로 부르셨는지요?”

그녀의 물음에 곡비연은 미소를 그렸다.

“특별한 일 때문에 함께 자리를 같이하자고 한 건 아니에요. 원주가 된 지 얼마 되지 않아 성의 여러 사람들과 친분을 쌓는 게 중요하다고 생각해서요.”

“저는 특별한 말씀이라도 있다고 생각했습니다.”

손수수의 낮은 목소리에 곡비연은 다시 말했다.

“굳이 일이 있다고 해서 만나야 할 필요는 없지 않을까요? 손 대주와 저는 나이도 비슷해 보이고 서로 편하게 지냈으면 좋겠어요.”

“예.”

손수수의 짧은 대답에 곡비연은 성격이라 생각했다.

"궁금한 것도 있고……."

"궁금한 것이라면?"

"본 성의 무공을 사용한다고 했던 특무단원에 대한 것이요."

"아……."

"무림맹의 특무단이라면 외부적인 일을 많이 맡는 곳이에요. 그런 곳에 있는 사람이 왜 본 성의 무공을 펼쳤을까요? 만약 그 사실이 알려진다면 무림맹에서 공적으로 몰릴 텐데……."

"그 점은 저도 잘 모르겠습니다."

손수수의 솔직한 대답에 곡비연은 잠시 생각을 하다 이내 고개를 저으며 말했다.

"그 부분은 그렇다 쳐도… 잃어버린 본 성의 자존심을 어떻게 세워야 할지 고민이에요."

"자존심이라시면?"

"제 아버님이 돌아가신 문제요."

손수수는 안색을 굳히며 입을 닫았다. 그녀의 말처럼 백문원주의 죽음으로 백화성은 자존심의 상처를 입었기 때문이다. 그 일을 쉽게 입에 달 수는 없었다. 원주의 죽음은 원주 본인의 책임도 있기 때문이다. 의외로 원주의 죽음은 원주의 책임이 크다는 목소리가 성에서도 흘러나오고 있었다. 그 사실을 모를 리 없는 곡비연이다. 그런데도 그녀는 아버지의 죽음에 대해서 쉽게 꺼냈다.

"세 군데의 살수 조직을 멸하였으니 어느 정도 자존심은 회복했을 거라 생각합니다."

"아니요. 그건 단순한 힘의 과시일 뿐이지 명예를 회복한 것은 아니에요. 본 성의 자존심은 더 큰 무게를 지니고 있어요."

"하오시면?"

"창천궁이나 무림맹의 원주나 적어도 손가락에 드는 실력자가 살수의 손에 죽어줘야 되지 않을까요?"

곡비연의 말에 손수수의 안색이 굳어졌다.

"이미 무림맹에 잠입은 성공했어요. 하지만 정보원만 있을 뿐, 실제 움직일 수 있는 사람은 없어요. 암화대가 그 일을 해준다면 좋을 것 같은데, 어렵나요?"

"성주님의 명이라면 어떤 일이라도 하는 게 저희입니다."

"그렇군요."

곡비연은 미소를 보이며 고개를 끄덕였다. 백화성주의 명령만 따르는 암화대였기 때문에 대주인 손수수의 대답이 정답이었고 또한 예상했던 말이다.

"그런데 그 특무단과의 싸움… 정말 아무 일도 없었나요?"

"무슨… 말씀이신지……?"

손수수는 안색을 굳히며 쳐다보자 곡비연은 미소를 보이며 고개를 저었다.

"아니에요. 그냥 궁금해서 물어본 거예요. 그 특무단에 소속된 사람의 무공이 백화성의 것이라면 우리와도 관계가 있기 때문에 호기심이 일어났을 뿐이에요."

"따로 조사를 해볼까 생각 중입니다. 마침 맹에 정보원도 있으니……."

"그게 좋겠군요."

곡비연은 고개를 끄덕이며 단순한 성에 대해 이야기를 하기 시작했다. 그리고 손수수 역시 일반적인 이야기들을 늘어놓으며 시간을 보냈다.

저녁까지 먹고 나서야 자리를 뜬 손수수는 암화대의 거처로 들어왔다. 암화대는 백화원의 좌측에 있었으며, 그 맞은편엔 전위대가 있었다. 전위대는 늘 사람들이 상주하는 곳으로, 조용한 암화대완 달리 조금은 소란스러운 곳이었다.

무공은 좋으나 남들과 잘 어울리지 못하는, 일명 불량한 무인들만 모였다고 알려진 게 전위대였다. 하지만 싸움만큼은 정말 잘하는 곳이었다. 그래서일까? 하루에도 몇 번씩 크고 작은 싸움이 일어난다고 한다.

쾅! 쾅!

폭음 소리가 들리자 손수수는 안색을 찌푸리며 집무실에
서 일어나 창밖을 쳐다보았다. 멀리 담장 너머에 있는 전위대
의 모습을 쳐다본 손수수는 고개를 저으며 자리에 앉았다.

"부대주 연소월입니다."

"들어와."

연소월이 들어와 앉았다.

"애들은?"

"화장을 했습니다. 시신이 없어… 그저 소지품만 태웠습니
다."

연소월의 낮은 목소리에 손수수는 고개를 끄덕였다. 삼 년
동안 벌써 몇 번이나 같은 일을 반복했기에 이제는 익숙해질
만도 했으나 눈동자가 흐릿하게 변하는 건 어쩔 수 없는 일이
었다.

"충원은 언제 된다지?"

"석 달은 걸릴 듯 보입니다."

"석 달이라……."

손수수는 안색을 굳히며 의자에 깊숙이 몸을 묻었다.

쾅!

또다시 폭음 소리가 들리자 손수수의 눈썹이 미미하게 떨
렸으며 연소월의 눈동자에 살광이 번뜩거리기 시작했다.

“곽 대주는?”

“술집에……..”

손수수는 문득 흥청망청 술을 마시며 놀고 있을 곽무영을 떠올렸다. 왜 그런 것일까? 부럽다는 생각보다 기분이 나빠왔다.

“무림맹은 점점 그 힘을 키워가고 있지, 창천궁은 죽도록 말을 안 듣지, 빙궁은 지들 잘났다고 협조도 안 하지… 요즘 같이 바쁜 때에 힘이 남아도는 놈들이 있을 줄이야.”

쾅! 쾅!

폭음성이 더욱 크게 들리자 연소월이 자리를 박차고 일어섰다. 그러자 손수수가 짧게 말했다.

“조져.”

“예.”

쉭!

순간 연소월의 그림자가 사라졌다. 그리고 얼마 후,

“캑!”

“크억!”

비명 소리가 지붕을 넘어 손수수의 귀까지 들려왔다. 손수수는 그 소리에 안심한 듯 짧게 숨을 내쉬며 중얼거렸다.

“다음에는 전위대를 내보내라고 건의를 해야겠어.”

*   *   *

"할아버지!"

저 멀리서 소리치며 손을 흔들고 달려오는 유정향의 모습에 홀로 정원을 산책하던 유수월은 미소를 보였다. 유정향의 환한 미소가 한가득 눈에 들어오는 것 같았기 때문이다.

"잘 지내셨어요?"

바짝 다가온 유정향이 반갑게 말하자 유수월은 고개를 끄덕이며 웃음을 보였다.

"이 할아비야 물론 잘 지냈지. 네가 건강해 보여서 기쁘구나. 그래, 재미있게 잘 갔다 왔느냐?"

"네, 잘 다녀왔어요. 정말 재미있었어요."

웃으며 말하는 유정향의 모습에 유수월은 절로 기분이 좋았다. 그저 이렇게 웃는 유정향의 모습만 봐도 근심이 사라지는 것 같았다.

"소홀히 대하는 사람은 없었고?"

"다들 너무 친절해서 기분이 더 좋았어요. 무당파의 어르신들도 잘 대해주셨고요."

유정향의 말에 유수월은 고개를 끄덕이며 수염을 쓰다듬었다.

"그런데 할아버지, 한 가지 부탁이 있어요."

"부탁? 무엇이냐? 뭐 가지고 싶은 것이라도 있느냐?"

유정향은 살짝 얼굴을 붉히며 고개를 저었다.

"아니요. 그런 게 아니라요… 에이, 할아버지도. 가지고 싶은 게 있으면 벌써 샀죠."

"하긴… 그렇겠구나. 그래, 무엇이냐?"

유수월이 궁금한 듯 쳐다보자 유정향은 이내 유수월의 팔을 잡으며 말했다.

"저기 무림대회가 끝나고 집에 돌아갈 때 특무단의 운소명이란 소협 있잖아요, 그분을 데려가고 싶어요. 제 호위로요."

"응? 그게 무슨 말이냐?"

"특무단에 있는 운 공자가 너무 친절해서 그냥 제가 집에 갈 때 바래다 줄 사람으로 정하고 싶어서요."

유수월은 그 말에 안색을 찌푸리며 짧게 숨을 내쉬었다.

"흐음… 그건 어려울지도……. 워낙 그쪽 녀석들은 일이 많다 보니… 이건 내가 정한다고 되는 게 아니란다."

"에이, 할아버지이."

유정향이 양손으로 유수월의 팔을 잡고 흔들었다.

"부탁이에요. 네에?"

"험!"

유수월은 그녀의 간곡한 눈빛이 부담스러운지 표정을 풀었다.

“네가 그렇게 부탁한다면야 노력해 보마.”

“정말이죠? 정말 해줄 거죠?”

그제야 유정향이 기쁜 표정을 보이자 유수월은 고개를 끄덕였다.

“내가 한 입으로 두말하는 것 봤느냐?”

“감사해요.”

유정향은 그 말에 유수월의 품에 안겼다. 그러자 유수월은 웃으며 그녀의 등을 다독거렸다. 곧 품을 빠져나온 유정향이 기쁜 표정으로 계속 웃음을 보이자 유수월이 물었다.

“그런데 왜 운소명이냐? 다른 특무단의 녀석들도 많을진데…….”

“그냥… 그냥이요.”

“설마… 마음에 있는 것은 아니냐?”

유수월이 은근한 시선으로 장난처럼 묻자 유정향은 이내 얼굴을 붉혔다.

“에이, 할아버지도. 그냥 조… 금?”

유정향은 붉어진 얼굴로 새끼손가락을 살짝 들어 보였다. 그 순간 유수월의 눈동자에 섬광이 지나쳤다. 하지만 그것도 잠시뿐, 여전히 유수월은 미소를 보였다.

“허허! 우리 향아도 이젠 다 컸구나. 남자도 볼 줄 알고.”

“어머, 할아버지도! 아니라니까요!”

유정향은 애써 부정하듯 고개를 저었으나 그 모습이 긍정처럼 유수월에게 다가왔다.

"여행 이야기 안 해드렸죠? 어서 가요. 제가 이만큼 쌓아놓고 왔으니까요."

유정향이 유수월의 손을 잡아끌며 말하자 유수월은 마지못해 끌려가는 것처럼 따라갔다.

"허허! 이 녀석, 힘도 좋아졌구나. 이 힘으로 그 녀석을 본가로 데려가려는 것이냐? 나 몰래 먼저 아비에게 인사시키려고?"

"어머! 아니라니까요!"

유정향은 깜짝 놀란 듯 소리치며 손을 놓곤 먼저 달려갔다. 그 모습에 유수월은 가만히 미소를 보이다 그녀가 집 안으로 사라지자 미소를 지우고 안색을 굳혔다. 그런 그의 어깨가 미미하게 떨리기 시작했다.

'감히… 내 손녀를……. 요녀의 피는 못 속이는군.'

그의 눈동자에 살기가 피어났다 순식간에 사라졌다.

*   *   *

맹에 복귀한 후 남창성 외곽에 자리한 허름한 집에 돌아온 운소명은 당분간 이곳에서 지내야 했다. 특무단의 일로 몇몇 사람들에게 얼굴이 알려졌기 때문이다. 큰 문제가 되는 것은 아니었다. 하지만 자신의 존재에 대한 처리가 남아 있었다.

특무단으로 위장했으니 조만간 죽은 것으로 처리될 것이다. 특무단 소속으로 위장하는 일은 그러한 점이 편하였다. 죽음으로 처리된 후에야 다시 맹으로 돌아갈 수가 있었다.

운소명은 사람 없는 포양호 변에 앉아 낚싯대를 드리우고 있었다. 한참 동안 멍하니 앉아 있다 품에서 작은 혈아를 꺼냈다.

"구십구 개를 뺏기고 하나를 얻은 것인가? 훗!"

운소명은 혈아를 살피며 복면녀를 떠올렸다. 그녀의 목소리가 여전히 귓가에 맴돌고 있었기에 요즘 들어 고민이 많았다.

"백화성이라……."

운소명은 백화성의 무공을 자신이 사용했다는 것에 상당한 심적 충격을 받은 상태였다. 생각해 보면 칠대신마에 대해서 아는 게 없다는 것도 이상했다. 지금까지 칠대신마에 대해서 맹은 자신에게 알려준 적이 없었다. 그저 적이라서 그런 것일까, 아니면 중원에 있는 수많은 문파들이 원한을 가진 자들이라 그런 것일까?

분명한 건 그들의 무공이 당대 최고였다는 점이다. 그리고 초대 맹주였던 패천무제(覇天武帝) 남궁위와 이제라 불리며 함께 어깨를 나란히 한 정의무제(正義武帝) 유의명만이 상대자였고, 그들과의 싸움을 승리로 이끈 장본인들이란 사실이었다.

그 두 무제의 무공이 현존하는 무림맹 최고의 무공임은 두말할 나위도 없었다. 초대 맹주가 남궁세가의 남궁위였기 때문에 무림맹에서 남궁세가의 위치가 특별한 이유도 거기에 있었다. 정의무제 유의명은 소림 출신의 속가제자로, 불가에 귀의하지는 않았다고 한다. 하지만 어딘가에 은거해 그 무공이 사라졌다는 말만 소문처럼 맴돌았다.

그 둘을 제외하고 그 당시 최고의 무인이 있다면 바로 백화성을 만든 백화성주 무혼여제(武魂女帝) 묵선 정도일 것이다. 묵선은 칠대신마의 사저로, 그 무공이 추측 불가라고 하였다. 그녀와 무림맹주인 남궁위의 비무는 전설처럼 회자되곤 했다.

"칠대신마가… 죽으면서 남긴 비급이 무림맹에 있다라……."

운소명은 그 말이 끝없이 뇌리를 흔들자 고민스러울 수밖에 없었다. 지금까지의 자신의 삶 자체가 거짓처럼 보였기 때문이다. 무림맹을 위해서 지금까지 살아왔다. 그런데 자신의 무공의 원류가 무림맹의 원수이자 중원의 원수인 백화성이라니? 당황할 수밖에 없었다.

퐁!

낚싯대를 걷어 어깨에 걸친 운소명은 천천히 걸음을 옮겼다.

어둠이 깔린 무림맹의 장서원으로 검은 그림자가 들어갔다. 운소명이었다. 사실 확인을 위해 맹에 몰래 들어온 것이다.

장서원에 들어온 운소명은 문청청의 기척이 없다는 것에 일단 안심했다. 그녀는 자신보다 더욱 암도술에 뛰어났기에 자신의 존재를 귀신처럼 알아낼 수가 있었다.

'마길도 없군.'

운소명은 밖의 경비를 제외하곤 안에 아무도 없다는 것에 일단 안심하였다. 그렇다면 행동하는 게 더욱 편했기 때문이다.

'십만서고.'

운소명은 거대한 서재를 바라보며 안색을 굳혔다. 이 안에 들어 있는 책은 십만 권이 넘었으며 그 속에는 진실이 담겨 있는 책도 분명 존재했기 때문이다.

가끔 문청청은 이곳에 강호의 비밀이 다 들어 있다고 말하였다. 그 말을 떠올리며 장서원에 들어온 것이다.

사륵!

책장을 넘기는 소리가 어두운 가운데 조용히 울렸다. 운소명은 꽤 긴 시간 동안 부동자세로 서서 책을 읽어나가기 시작했다. 단순히 어떤 책을 정해서 읽은 게 아니라 한 권씩 꺼내서 훑어보고 있었다. 십만 권이 넘는 책을 언제 다 읽어가며 찾을지 암담했으나 하나씩 하다 보면 언젠가는 나올 것이라고 믿었다.

"이상하군요. 사형이 이런 시간에 책을 읽다니요."

운소명은 책을 덮곤 고개를 돌렸다. 어둠 속에 백의를 입은 문청청의 모습이 눈에 들어왔다. 책을 찾는 것에 집중하다 보니 문청청이 접근한 것도 모르고 있었던 것이다. 아니, 그녀는 정확히 운소명의 오 장 정도 떨어진 장서원의 입구에서 말을 한 것이다. 그 안으로 들어왔다면 아무리 그녀의 암도술이 뛰어나도 운소명이 알아챘을 것이다.

"심심해서."

운소명은 짧게 말하며 신형을 돌렸다.

"그건 아닌 것 같은데요?"

문청청의 시선에 운소명은 씁쓸히 고개를 저었다.

"그냥… 과거 칠대신마와 무림맹이 어떻게 싸웠는지 궁금해서… 찾아본 것뿐이야."

"그런 것이었나요? 그런 거라면 제게 물어보지 그랬어요?"

운소명의 말에 문청청은 가볍게 미소를 지어 보이며 신형을 움직였다. 그녀를 따라 운소명이 걸었고, 서고의 후미진 곳에서 꽤 두꺼운 책을 꺼낸 그녀가 말했다.

"이건 칠대신마와 무림맹의 싸움 때부터 백 년 전까지의 이야기가 수록된 사서예요. 단순한 내용들이라 재미는 없을 거예요."

"아니… 고마워."

운소명은 미소를 보인 후 책을 들고 객실로 향했다.

"불은 밝히지 마세요. 다른 사람이 있다는 것을 알면 경비대가 싫어할 테니까요."

"그러지. 반납은?"

"아침에 놓고 가세요."

고개를 끄덕인 운소명은 생각난 듯 다시 말했다.

"내가 왔었다는 사실은 비밀로 해."

"그럴게요."

문청청은 미소를 보이며 고개를 끄덕였다. 곧 그녀가 방 안으로 들어가 잠을 자는 소리가 들리자 운소명은 천천히 책을 읽기 시작했다.

무적천자(無敵天子) 이세양은 고금제일인이다.

책의 첫 장에 쓰여 있는 첫 번째 글이었다. 운소명도 이세양에 대해서는 어느 정도까진 알고 있었다. 고금제일인이라 불릴 만큼 그 무공의 끝을 알 수 없었다고 한다.

이세양의 아홉 제자 중 첫째 묵선과 아홉째 여불군은 각각 백화성과 창천궁을 만들었다.

운소명은 자신도 아는 말이라 다음 장으로 넘겼다.

이세양의 아홉 제자 중 나머지 일곱 제자가 바로 칠대신마이다. 그들은 이세양의 무공을 수련하다 주화입마에 빠져 살육을 벌였고, 죽은 이세양은 고금제일인에서 살인마를 키운 아버지라 불리게 되었다. 이세양의 엄청난 업적과 그 명성을 생각하면 그 후대는 창피할 만큼 못나지 않은가?

칠대신마의 무공은 모두 이세양의 무공을 바탕으로 두었으며 제자들은 그 무공을 자신에게 맞추어 독특하게 발전시켰다고 한다. 그래서 그들의 무공은 모두 제각각이었고, 각 마인들마다 자신만의 독문 무공이 있었다.

하지만 그 무공이 어떤 것들인지 정확하게 알려진 것은 없었다. 그들과 싸운 자들은 모두 죽었으며 그들의 무공 역시 주화입마에 빠진 상태라 제대로 된 게 아무것도 없었기 때문이다.

"쩝!"

탁!

운소명은 입맛을 다시며 책을 덮었다. 자신이 원하는 것은 칠대신마의 무공이 어떤 것들이며 어떠한 특징이 있는가였기 때문이다. 하지만 그러한 내용은 어디에도 없다는 것을 알고 책을 덮었다.

*　　　*　　　*

남창에서 멀리 동쪽으로 가면 항주라는 거대한 마을이 있었다. 특히 많은 시인묵객들이 지나는 곳으로 서호가 유명했고 소주와 함께 가장 아름다운 도시로 불렸다.

항주의 서호 주변을 걷고 있던 운소명은 무림맹의 장서원을 나와 이곳까지 단 오 일 만에 달려왔다. 서호를 지나 그림으로 그려놓은 듯한 차밭을 구경하며 걸었다. 저 멀리 꽤 큰 주루가 눈에 들어왔다. 넓게 펼쳐진 차밭 중앙에 위치한 주루는 상당한 규모로 담장이 좌우로 꽤 길게 이어져 있었다.

안으로 들어간 운소명은 입구에 서 있는 중년인에게 작은 흑색 패를 보여주었다. 중년인은 그 패를 확인한 순간 미소를 보이며 시비를 불러 운소명을 별채로 안내하였다.

몇 개의 정원을 지나 죽화원이라 쓰인 대나무 숲에 들어온 운소명은 시비를 따라 작은 냇물과 물레방아가 있는 대나무 집에 당도했다.

"기다리십시오."

시비가 공손히 말하고 걸어가자 곧 운소명은 안으로 들어가 내실에 앉았다.

쏴아아아!

고개를 돌리자 인공으로 만든 호수에 작은 폭포가 있었고, 물은 담 밑의 수로를 지나 정원 쪽으로 향하고 있었다.

"좋은 곳이군."

운소명은 물 냄새와 바람 냄새가 정신을 맑게 해주는 것 같아 중얼거렸다.

스륵!

가벼운 옷깃 스치는 소리에 운소명은 시선을 들었다. 그러자 대나무 숲 사이의 길로 나찰 가면을 쓴 여인이 걸어오고 있었다. 운소명은 자리에서 일어섰다.

"오랜만에 뵙습니다."

운소명의 인사에 나찰녀는 고개를 끄덕이며 의자에 앉았다.

"앉거라."

"예."

운소명이 자리에 앉자 나찰녀는 눈동자를 반짝거렸다.

"네가 웬일로 이곳에 왔느냐? 그것도 맹에 알리지도 않은 상태에서……."

"죄송합니다."

"아니… 되었다. 비밀리에 온 것을 보니 뭔가 할 말이 있겠지. 말해보아라."

나찰녀의 물음에 운소명은 곧 입을 열었다.

"얼마 전 백화성의 고수와 손을 겨루었습니다. 그런데 그자는 제 무공이 칠대신마의 무공이라 하였습니다. 혈아도 알아보았고 혈정마지에 대해서도 잘 아는 것처럼 말했습니다."

"그래?"

나찰녀는 의외인 듯 눈동자를 반짝이다 곧 시선을 돌려 떨어지는 폭포수를 쳐다보았다. 생각에 빠진 듯 보이자 운소명도 입을 열지 않았다.

"백화성이 네 무공을 보고 칠대신마의 무공이라 하였다라……. 그럴 만도 하겠지."

"예?"

"홍천은 이백 년이나 이어져 오고 있는 곳이다. 그 가운데 몇 명이나 백화성에 잡혔을 것 같으냐?"

"잘 모르겠습니다."

"지금까지 총 사십팔 명이다. 네가 죽인 십사호까지 합쳐서. 그들이 홍천의 무공을 백화성에 알렸다면 네 무공을 알아보는 사람이 있는 것도 이상한 건 아니지."

"음……."

운소명은 침음성을 삼키며 안색을 찌푸렸다.

"단지 그들이 홍천에 대해서 얼마나 알고 있느냐가 문제겠지? 그렇게 생각하지 않느냐?"

나찰녀의 물음에 운소명은 쉽게 대답하지 못하고 잠시 생각에 빠졌다.

"고민이라도 있는 것이냐?"

"아닙니다."

운소명의 대답에 고개를 끄덕인 나찰녀는 천천히 말했다.

"중요한 건 네 무공이 아니라 네가 누구를 위해 무공을 펼치고 있느냐이다. 아니냐?"

"그렇습니다."

나찰녀는 미소를 보이며 다시 말했다.

"무림맹을 위해서 지금처럼 일해준다면 조만간 네게도 정식 별호와 이름을 주신다고 하였다. 이는 약속하신 사항이니 조금만 더 힘을 내주기 바란다."

나찰녀의 말에 운소명은 눈을 크게 떴다. 정식 별호와 이름을 준다는 말은 곧 강호에 나설 수 있게 해준다는 뜻이었기 때문이다. 새롭게 태어나게 해준다는 말이었다.

"명심하겠습니다."

운소명의 대답에 나찰녀는 고개를 끄덕이며 자리에서 일어섰다.

"다음에는 정식으로 오거라. 나도 그리 한가한 사람은 아니니……."

"예."

운소명의 대답이 끝나는 순간 그녀는 밖으로 걸어가고 있었다. 운소명조차 그 인기척을 느낄 수 없었다. 축지법이라도 쓴 것처럼 보였다. 사라진 나찰녀를 끝까지 지켜보던 운소명은 곧 차가운 한기를 눈에 담았다.

*   *   *

"생각을 해보니 이상하긴 하군요."

문청청은 운소명의 말을 듣곤 안색을 찌푸리다 눈을 반짝이기 시작했다. 홍미가 생겼기 때문이다.

"칠대신마라는 사람들은 유명하지만 그들의 무공은 왜 알려진 게 없을까요? 백화성에서조차 그들의 무공에 대해서 아는 사람은 없는 것 같아요. 물론 알고는 있겠죠, 극히 소수의 권력자들이나 선택받은 사람만이. 그렇지 않고서야 그들의 무공이 세상에 알려지지 않을 리가 없잖아요?"

문청청의 말에 운소명은 고민스러운 표정을 보였다.

"문제는 그들의 무공이 아니라 내가 아는 무공이 칠대신마의 무공일지도 모른다는 게 아닐까? 내 무공이 그렇다면 네 무공도 그렇겠지."

문청청은 그 말에 심각한 표정으로 고개를 끄덕였다.

"칠대신마는 전 중원에 적을 두었어요. 그들과 은원이 없는 곳은 없으며 무림맹이 만들어진 이유도 바로 그들 때문이지요. 그런데 우리가 칠대신마의 무공을 사용한다고 해보세요. 어떤 일이 일어날 것 같나요? 만약······."

순간 문청청의 안색이 굳어졌다. 그녀의 머릿속엔 가장 최악의 이야기가 그려졌기 때문이다. 그녀는 급한 표정으로 운소명을 쳐다보며 물었다.

"혹시 전대 홍천에 대해서 들은 바는 없으세요?"

"칠 년 전에 사라졌다고 하지 않았느냐? 그들 중 다섯 분은 우리의 스승님이셨고."

"그랬죠."

운소명의 말에 문청청은 표정을 풀며 짧게 숨을 내쉬었다. 그녀의 이야기는 다른 게 아니라 무림맹의 기밀을 많이 알고 있는 홍천원들을 버릴 때의 이야기였다. 간단하다고 생각했다. 칠대신마의 후인이라면 더 이상 다른 설명이 필요없기 때문이다. 만약 자신들의 무공이 칠대신마의 무공이라면 그 방법이 가장 효과적으로 자신들을 멸할 수 있는 방법이었다.

“일단 이 부분에 대해선 제게 맡기세요. 제 나름대로 조사를 해볼 테니까요. 이곳에도 칠대신마에 대한 정보는 거의 없으니… 아!”

짝!

순간 문청청은 박수를 치며 안색을 폈다. 그녀의 모습에 운소명이 궁금한 듯 쳐다보자 문청청은 밝은 미소를 보이며 말했다.

“초대 맹주이신 패천무제께선 그 가공할 무공으로 무림을 하나로 합치셨고 무림맹의 초대 맹주가 되셨어요.”

“그런데?”

운소명은 이 순간에 왜 그런 이야기를 하는지 궁금하다는 듯 그녀를 쳐다보았다. 그러자 문청청은 빠르게 다시 말했다.

“그분은 칠대신마와도 호각으로 싸웠던 분이세요. 또한 그분의 집안은 아직까지도 그 세를 유지하고 있지요. 무림맹의 역사와 함께 말이에요.”

“남궁세가?”

문청청은 고개를 끄덕였다.

“남궁세가에도 무림맹과 같은 장서원이 있어요. 그 규모는 맹보다 작으나 몇만 권은 족히 될 거예요. 또한 가주의 서재도 가볼 만하겠지요? 아마 칠대신마에 대한 기록이나 그 무공들이 적혀 있다면 가장 깊숙한 곳에 있을 가능성이 높아요.

특히 초대 맹주셨던 남궁위가 쓰던 물건이나 책들은 소중히 간직하고 있겠지요?"

"말이 되는군."

운소명은 문청청의 설명에 미소를 보였다.

"당분간 쉬는 것으로 해둘게요. 하지만 최대한 빨리 일을 마쳐야 해요. 되도록 무림대회 전까지 알아보세요. 그전까지 저도 맹에서 알아볼 테니까요."

"그러지."

고개를 끄덕인 운소명은 일어섰다. 남궁세가로 곧장 향할 생각이었다. 하지만 그의 발을 마길이 막았다.

"맹주님께서 찾으십니다."

"나를?"

"예."

운소명은 안색을 찌푸렸다. 그러다 나찰녀를 떠올렸다.

'보고를 안 했다면 그게 이상한 것이겠지.'

운소명은 이렇게 될 줄 알았다는 듯 고개를 끄덕였다.

"알았다."

맹주인 유수월은 내실에 앉아 여러 장로들과 담소를 나누며 오후의 시간을 보내고 있었다. 대다수가 사는 이야기와 자식들 이야기로, 특별한 내용은 오고 가지 않았다.

해가 지자 곧 장로들이 일어났으며, 유수월은 그들을 배웅하고 시비들이 자리를 치우고 나가자 홀로 방 안에 앉았다.

"부르셨습니까?"

"음… 그래."

유수월은 뒤에서 들리는 목소리에 고개를 끄덕였다. 운소명인 것을 알고 있었기 때문에 크게 놀라지도 않았다.

"네가 요즘 고민이 있다고 들어서 불렀다."

"걱정을 끼쳐 드려 죄송합니다."

"아니다, 아니야. 네가 그럴 만도 하지."

유수월은 운소명이 어릴 때 어떤 교육을 받고 자랐는지 잘 알고 있었다. 오직 맹이 전부인 것처럼 주입식 교육을 받은 운소명이었다.

"칠대신마의 무공이 궁금합니다."

"그들의 무공은 잘 알려지지 않았다. 죽으면서 남긴 게 없으니……."

"하지만 제 무공은……."

"그건 아마 오해인 것 같구나."

"예? 하지만 그자는 분명 혈아를 알아보았고, 제 은살삼도와 같은 초식을 펼쳤습니다."

운소명의 눈이 반짝였다. 유수월은 자리에서 일어나 서가로 걸으며 말했다.

"혈아는 백 년 전 당가를 떠나 백화성에 들어간 당호라는 자가 만든 것이다. 당호는 차기 세가주가 자신의 동생이 되자 자신의 친족을 백 명이나 죽이고 백화성에 들어간 자로, 그자가 쓰던 무기가 혈아였지. 당가에선 폐기했으나 본 맹이 거둔 것이다."

툭!

서가에서 책을 꺼낸 유수월은 운소명의 앞에 책을 던져 놓았다. 운소명이 책을 들자 곧 자리에 앉으며 유수월이 다시 말했다.

"그러니 백화성에서도 혈아가 나올 만하지. 혈정마지는 백 이십 년 전 본 맹의 장로였던 화산파의 청운자가 만든 지공이다. 그런데 왜 혈정마지라 지었을까. 그건 청운자의 원한 때문이니라. 은살삼도에 대해서도 그 책에 나오니 읽어보거라. 맹의 비사에 대한 내용들이 적힌 것이다."

"음……."

운소명은 반짝이는 눈으로 책을 읽기 시작했다. 그러자 유수월이 차를 마시며 짧게 말했다.

"다 읽고 반납해라. 내 서가에서 나가면 안 되는 물건이니."

"예."

운소명은 대답하며 책장을 빠르게 넘기기 시작했다. 책의 내용은 십여 편의 짧은 내용이 묶인 것들로, 백오십 년 전부터 오십 년 전까지의 알려지지 않은 무림맹 내부의 일에 대해 적힌 것들이었다.

그중 눈에 띄는 것은 은살삼도에 관해서였다. 백화성의 인물과 무림맹의 천무단 단주가 눈이 맞아 은거하였는데 그 일로 천무단 단주의 청도문이 백화성의 공격으로 사라지게 되었다고 한다. 그때 백화성에 청도문의 비전절기인 은살삼도가 넘어갔다고 한다. 백화성의 여고수 역시 요녀로 몰려 무림맹의 특무단에 의해서 그 본가가 사라졌다.

하지만 그 둘은 그러한 일이 있는지도 모른 채 늙어갔으며 죽기 전에 천무단주였던 그자가 은살삼도를 무림맹에 보냈다고 한다. 그게 은살삼도에 관한 모든 것이었다.

혈정마지는 젊은 날 청운자의 동생이 백화성의 공격에 죽게 되자 만든 지공으로, 백화성의 사람들은 검으로 죽일 가치조차 없다며 만든 것이었다. 하지만 그 살성이 너무도 강해 숨긴 채 현재 맹이 비밀리에 보관한 무공서였다. 하지만 이것도 복사본이 칠십 년 전 맹의 무림고에 화재가 일어나 잃어버렸다고 한다.

그 당시에 잃어버린 무공서만 일백 권이나 되니 그 손해가 막심하였다. 맹은 그것이 백화성의 짓이란 것을 알고 있었으나 물증이 없었기에 조용히 묻을 수밖에 없었다. 백화성을 공격할 만한 명분이 없었기 때문이다.

그때 홍천이 움직였고, 일 년 뒤 백화성은 큰 화재에 휩싸여 외성의 절반이 타버렸다고 한다. 또한 그 당시의 화재를 경험한 무림맹은 현재의 장서원을 만든 것이다.

"칠대신마의 무공이 궁금하겠지만… 실제 그들의 무공에 대해서 알려진 것은 거의 없지. 주화입마에 빠져 광인처럼 사람들을 쳐 죽였으니… 특별한 초식이 있는 것도 아니었다고 한다. 그저 육장으로 사람들을 죽였을 뿐. 두렵지 않느냐? 맨손으로 병장기들을 부숴가면서 사람을 죽인다는 게……."

운소명은 책을 덮으며 앞으로 밀었다. 곧 유수월의 소매가 펄럭였다.

쉬익!

순간 책이 서가로 날더니 정확하게 빠진 부분으로 들어갔다.

"의문이 풀렸느냐?"

"예."

운소명의 대답에 유수월은 고개를 끄덕이며 말했다.

"너는 우리 맹의 자랑이다. 단지 명분을 따지는 맹의 원로들이나 중원의 여러 수장들 때문에 알리지 못할 뿐. 다른 녀석들은 너를 그저 병기처럼 생각할지도 모른다. 하지만 나는 언제나 너를 제자로 생각하고 있었다."

“……!”

운소명은 그 말에 눈을 부릅뜨며 어깨를 떨었다. 유수월의 애정이 느껴졌기 때문이다.

“네게 조만간 내 무공을 가르쳐 줄 생각이다. 그렇게 되면 정식으로 내 제자가 되는 것이겠지.”

“맹주님…….”

운소명은 바닥에 엎드린 채 고개를 들지 못했다. 그러자 유수월은 부드러운 미소를 입가에 머금었다. 곧 미소를 거둔 유수월은 다시 입을 열었다.

“얼마 전 하오문주가 죽었다는 소식을 들었는데… 아쉽게도 그자는 안 죽었더구나.”

“……!”

운소명은 그 말에 안색을 굳히며 고개를 들었다. 생각지도 못한 말을 들었기 때문이다.

“하긴… 하오문주가 그리 쉽게 죽을 놈이 아니지. 너도 어느 정도는 예상하고 있었을 것이 아니냐?”

“죄송합니다.”

운소명의 대답에 유수월은 수염을 쓰다듬으며 다시 말했다.

“네가 죄송할 필요가 뭐 있느냐. 너는 잘했을 뿐인데. 하지만 다른 녀석들이 네 능력에 대해서 의심할지도 모르니 이번엔 조금 어려운 일을 해줘야겠다.”

“……?”

운소명의 눈이 반짝였다. 유수월은 담담한 목소리로 말했다.

“창천궁 삼전의 전주 중 신무전주가 본 맹과 창천궁 사이를 방해하는구나.”

“신무전주…….”

운소명은 안색을 굳혔다.

“그래, 신무전주. 그자가 얼마 전 맹을 다녀갔는데 마음에 안 들어.”

유수월은 가만히 중얼거리며 먼 산을 쳐다보았다.

“신무전주만 죽어준다면 본 맹은 창천궁과 더욱 돈독한 사이가 되겠지. 그자는 창천궁에서도 반(反)무림맹파의 수장이라고 하더구나.”

운소명은 그 말에 눈을 반짝였다.

“창천궁과 손을 잡고 싶은데 그자가 방해를 하니…….”

고개를 돌린 유수월은 눈을 반짝이며 미소를 보였다.

“네가 좀 나서줘야겠다.”

“예.”

운소명은 고개를 숙이며 대답했다. 유수월은 만족한 표정으로 고개를 끄덕였다.

"그럼……."

운소명은 곧 소리없이 사라졌다. 유수월은 운소명이 사라진 후에도 한참 동안 서서 창밖을 쳐다보았다.

"제자라… 백화성의 요녀가 낳은 자식을 제자로 들인다고? 후후, 기가 찰 노릇이지."

유수월은 가만히 웃으며 중얼거렸다. 하지만 아픈 것일까? 그는 자신도 모르게 가슴을 지그시 누르며 입술을 깨물었다.

『홍천』 제2권에 계속…

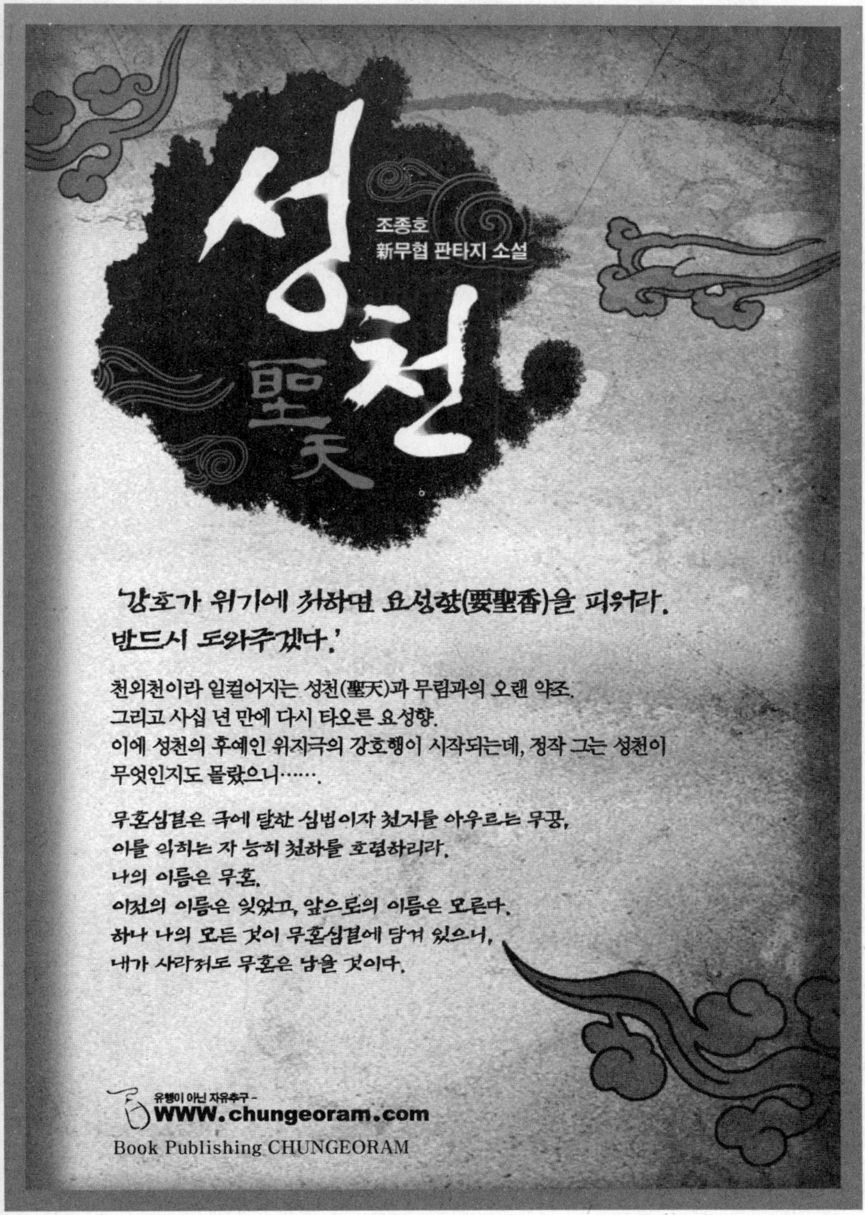

성천

조종호
新무협 판타지 소설

聖天

'강호가 위기에 처하면 요성향(要聖香)을 피워라.
반드시 도와주겠다.'

천외천이라 일컬어지는 성천(聖天)과 무림과의 오랜 약조.
그리고 사십 년 만에 다시 타오른 요성향.
이에 성천의 후예인 위지극의 강호행이 시작되는데, 정작 그는 성천이
무엇인지도 몰랐으니……

무혼심결은 극에 달한 심법이자 천지를 아우르는 무공,
이를 익히는 자 능히 천하를 호령하리라.
나의 이름은 무혼.
이전의 이름은 잊었고, 앞으로의 이름은 모른다.
하나 나의 모든 것이 무혼심결에 담겨 있으니,
내가 사라져도 무혼은 남을 것이다.

Book Publishing CHUNGEORAM

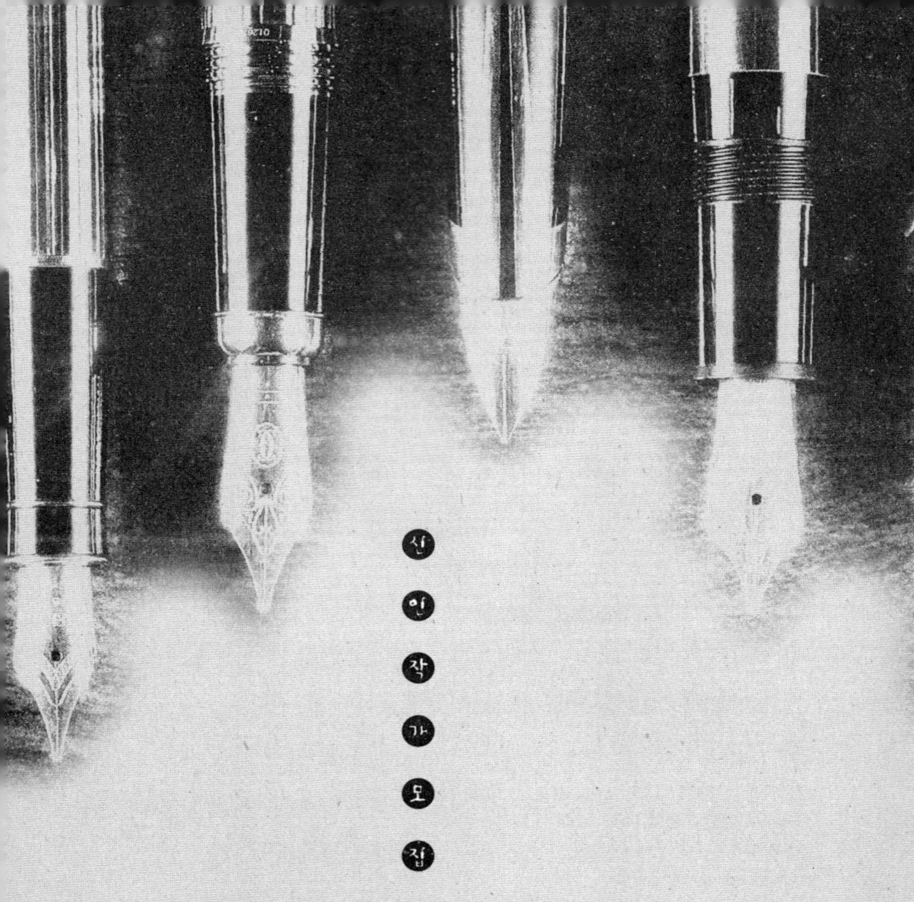

신
인
작
가
모
집

시작이 반이라고 했습니다.
작가의 길에 대한 보이지 않는 벽을 과감히 깨뜨리십시오!
청어람은 작가 지망생 여러분들의
멋진 방향타가 되어드리겠습니다.

저희 도서출판 청어람에서는
소설 신인 작가분들을 모집합니다.
판타지와 무협을 사랑하시는 분들의 많은 참여를 바랍니다.
소정의 원고(A4용지 150매)를 메일이나 우편으로 보내주시면
검토 후 출판 여부를 알려드리겠습니다.

주소:경기도 부천시 원미구 심곡1동 350-1 남성B/D 3F 우편번호420-011
TEL:032-656-4452 · FAX:032-656-4453
http://www.chungeoram.com
e-mail:chungeoram@chungeoram.com

閻王眞武

염왕진무

김석진 新무협 판타지 소설

"그, 그럼 어디서 오셨습니까?"
무심하게 고개를 돌리며 진무가 속삭이듯 말했다.

……지옥에서.

인간이라면 절대 익힐 수 없다는 강호삼대불가득!
그것에 얽힌 비사를 풀기 위해 그가 강호로 나섰다!
피처럼 붉은 무적의 강기, 혼돈혈애를 전신에 두르고
수라격체술과 염왕보로 천하를 질타하는 쾌남아, 진무!
염왕의 진실한 무학을 발현하여 무림삼패세와 고금십대천병을
이겨내고 속세의 악업을 심판하는 진정한 염왕이 되어라!

이제 강호는 진무의
일거수일투족에 열광한다!

신일룡
新무협 판타지 소설

풍신유사

**태초에 우주를 구성하는
세 개의 기운이 있었다.**

그것은 빛[光], 땅[地], 그리고 물[水]이었다.
이것들이 서로 조화되어 만휘군상(萬彙群象)을 이루었다.
그리고 이들 사이에서 또 하나의 기운이 탄생했으니,

그것은 바로 바람[風]이었다.

'풍령문' 제삼십구대 전인 관우.
제세(濟世)의 사명을 위한 길이 그의 앞에 펼쳐졌다.

"사람이 어찌 하늘의 뜻을 다 알 수 있을꼬?"

바람에 미쳐 바람이 된 자.
사람이되 신이 되어버린 자.
하늘의 뜻을 좇아 하늘을 거역한 자.

이것은 그에 관한 '남겨진 이야기[遺事]다.

絶代
君臨

절대군림

장영훈 新무협 판타지 소설

문피아 골든베스트 1위, 선호작 베스트 1위

「보표무적」, 「일도양단」, 「마도쟁패」에 이은 장영훈의 네 번째 강호이야기.

절대군림

"왜 나를 선택했지?"
"당신은 좋은 어른이니까."

호북 제패를 시작으로 적이건의 강호 제패가 시작된다.

"비록 아버지의 강호가 옳다 해도, 난 어머니의 강호에서 살 거야.
아버지의 강호는 너무… 고리타분하거든."

왼손에는 군자검을, 오른손에는 지옥도를 든 천하제일 과일상 행운유수의 장남 적이건.
그의 유쾌하고 신나는 강호제패기

"문파를 세울 거야. 이 강호에서 가장 강하고 멋진."